里山のまりな

惣川 徹

東京図書出版

里山のまりな

目次

第1章　命を宿すのは細胞　3
第2章　里山のジャム　43
第3章　人間として……　133
第4章　ただ一つの贈り物　145
第5章　白鳥の歌　201
第6章　里山のまりな　233

第1章

命を宿すのは細胞

「まりな、ご飯出来たよ」

今日はあそこだなと見当をつけた方に向かって私は叫んだ。しばし耳を澄ますが下の畑から返事がない。2時ごろからかれこれ4時間は経っていた。日は暮れてすでに辺りは暗い。それでも一つの畑に座り込んでひたすら草を引いている。

「まりな、聞こえた？」

私は、前より大きいが抑え気味の声で叫んだ。敷地の外は小高い山に囲まれたU字形に広がる一面の田んぼで、人家は山沿いに点在するだけである。U字の口は村より少し高くなっていて、そこをバスが海沿いに走っている。家の真向かいは家並みも途切れ山裾の緑だけが迫り、家の両隣は70～80メートルは離れていて、地形的にも緑にも遮られて見えない。

それでも私はいつも声を潜めて、「まりな～」と叫ぶのである。

「は～い、上がりまぁす」

声がして暫くすると階段を上って来たことを知らせるピンポーンというサンルームのセンサーの音が鳴る。

それを合図に私はあらかた出来上がっているみそスープにトーフを足して火を入れる。私の作る味噌汁は具沢山なのでいつしか「みそスープ」と呼ばれるようになっている。まりなはこれが好きで来客と食べる時はいつも自慢してくれる。

「彼の作るお味噌汁は私のより美味しいのよ」

彼女が私に与えてくれる数少ない褒め言葉のひとつである。今日の献立は白身魚とジャガイモのオイル焼き。ジャガイモの皮を剝いて5ミリ程の輪切りにして、ニンニクとオリーブオイルでソテーし、それをキャセロールに敷き詰める。その上にさばいて塩コショウした白身魚を置き、イタリアンパセリを散らして上からたっぷりとエクストラバージンオイルをかける。15分程オーブンにかければ出来上がりである。

「お腹すいたー、あぁいい匂い」

台所の横の勝手口を開けるなり、まりなはいかにも疲れたといった表情で言った。少し若やいだ声には、これから出される料理への期待がこもる。私もその声に応えて、

「出来たぞ出来たぞ」

と心の中で言いながらオーブンからジーと音を出している焼き上がったばかりの料理を取り出す。私はトングで各自のお皿にパセリの絡んだ真っ白な白身の魚とニンニクとバージンオイルがたっぷり染み込んだジャガイモを取り分けた。いよいよ今日の二人の夕食がはじまる。関西時代から二十年来飲み続けている赤ワインをチンとぶつけあって乾杯すると、まりなは、ワインを少し飲んだだけですぐに脇に置き、

「美味しそう。いただきます」

と待ちきれない様子でふっくらと膨らんだ真っ白な魚の真ん中に箸を入れた。

「美味しい」

「この料理は簡単な割には美味しいよね」

私もこの頃ようやく安定したレパートリーになった魚料理の満足な味わいにほっとしながらワインを傾けた。

海沿いのこの里山に移住したばかりの頃は、スパゲッティが夕食の唯一のメニューだった。入れ替わり立ち替わりに10種類ぐらいのスパゲッティを作るのだが、だんだんまりなに申し訳なくなってきて、二つの種類のスパゲッティを組み合わせることにした。片方がオカズという気分でそうしたのだが、所詮はスパゲッティ。味は確かに自分でも美味しいと思ったが、毎食となるとやはり飽きる。栄養のバランスも悪い。それで料理の本にあたって、イタリア式の肉やサラダのレシピが加わるようになると、まりなも「今日は何が出てくるかな……」と楽しみにするようになった。それでも海辺に住んでいながら、魚料理にはなかなか手が出なかった。魚と言えば、焼き魚か煮付けのような醤油料理という思い込みが私にあったからだ。しかしまりなは猫もびっくりと言うほどの魚好きである。いつかは魚料理を……と私は思い続けていた。そんなある日、パラパラとめくったイタリアンの料理本の中に、それまで無視していた魚料理のレシピがたくさんあることに気付いたのである。これを境に幾つかのレシピに挑戦しているうちに、魚料理が気軽に出来るようになった。もちろん魚をさばくこともできるようになった。こうして海辺の里山生活４年目にして、新鮮な魚を丸ごと使ったイタリア式魚料理が二人の食卓に上るようになったのである。

食事の後は、まりなは大きな長椅子に横になり、私はソファーからテーブルの上に足を投げ出して寛ぐ。それぞれ毎日変わらぬポーズである。しばらくすれば、見るはずだった7時のニュースはとっくに終わり、別のプログラムが流れている。

「あれっ、終わっちゃったのか……」

頭を私の方にして横になっていたまりなも目を覚まし、頭だけ動かして、

「散歩行かないの？」

と上目遣いに私を見ながら言う。

「行ってくるかぁ」

半ば強制に近いまりなの促しに、私も重い腰を上げ身支度を始める。そして小さな懐中電灯を手に、

「行ってきまぁす」

と言って勝手口を出る。サンルームの前に広がる庭から居間の前のテラスへと曲がると、居間のソファーに横たわるまりながガラス戸越しに見える。私は通りへの階段を下りながら手を振る。まりなも軽く片手を振りながら既に録画したドラマに集中し始めている。

山で囲まれた集落には既に街灯以外に光るものはない。高齢者しかいない限界集落の夜は滅法早い。私は闇の中を時々懐中電灯で足元を確認しながら歩く。今の時期マムシが暖を求めてコンクリートの道に出て休んでいることがあるのだ。1周２０００歩程の道を歩きながら振り

仰げば、オリオン座さえ埋没しそうな程の無数の星がさんざめくように輝いている。山に囲まれたこの集落で見る星空は格別なのだ。視線を下ろした先には真っ暗な山を背景に我が家がただ一軒、明るく光を放っている。そこではまりなが録画したドラマを見ている。３周目を歩きながら携帯で歩数を確認すると５２００。

「あと８００だな」

汗ばんだ体に寒さが心地よい。私の脳裏にはもう温かいコーヒーを二人で飲む光景が浮かんでいる。

「いやー疲れた」

私は毎晩同じ台詞を言って勝手口から居間にもどり、休む間も無く台所で２杯のコーヒーを温め、

「はい」

とまりなに差し出しソファーに座る。コーヒーメーカーはまりなの母親譲りのアルミ仕立てのもので、今ではもうアメリカでさえ手に入らない骨董品である。しかしこれが不思議にも、どんな近代機器も敵わない味のコーヒーを作ってくれるのである。

「面白かったよ」

コーヒーを口に運びながらまりなは今の見終わったドラマの感想を言った。

「何見たの？」

「『セカンドバージン』」

「やっぱり香港に行ったの？」

「行った行った、大変なことになっているよ」

「そうか、やっぱり行ったのか……。それは見たかったなぁ……」

「あなたを待ってたらいつ見られるかわからないからね」

私の軽い残念そうな言い方に、連ドラの続きを先に見てしまった後ろめたさを感じたのか、まりなは急に不機嫌そうな響きを込めて言った。

「いいよ、いいよ。あした君が畑に出ている間にでも見るから……」

私には彼女を咎める気などまったくない。それどころか、午前中は細胞のことを考え、午後は畑仕事、夜はジャム作りと、いつも何か意味のあることしかしないまりなには、是が非でも「100パーセント息抜きの時間」を過ごして欲しい……というのが私の願いなのだ。だから、まりなが、録画してまでドラマを見たがる……、それは私にとっては願ってもない「まりなの堕落」である。その間に散歩をしてその後で一緒にコーヒーを飲む。これ以上望むところなど何もないのだ。

まりなにこうしたちょっとした「僻みっぽさ」が見え隠れするのは、高校生の頃から変わらないことではあった。彼女自身の説明によると、5人兄弟姉妹の真ん中だった自分は、ある年から両親が始めた子供のための行事を、兄、姉ときて今年は自分の番だと密かに楽しみにしていた。ところが3年目ともなると両親もそのことを忘れてしまい、まりなは一人ほぞを噛む。ところがしばらくするとまた新しいことが思いつかれ、こんどは一番下の妹から始められる。そして弟の次になるとまた両親が忘れてしまう。

「私の僻みっぽさはそこから始まったの」とまりなは説明してくれた。

しかし里山暮らしで一緒に過ごす時間が多くなってからのそれは少し様子が違っていた。性格の歪み……。私はそう感じるようにさえなっていた。何事にも前向きで他人を力付ける太陽のような力を持った人……。誰もが真っ先に思い浮かべるまりなはそんな人である。僻み……などど彼女に一番無縁な言葉だ。それだけに、頻繁に顔を出し始めたその傾向に私はずっしりと思い当たるものを感じずにはいられないのである。

母親がアメリカ人でアメリカ帰りの父と二人して発生生物学者という家庭に育ったまりなは、子供の頃からアメリカ流のフランクな研究態度を身につけた父親と、その逆に生物学の後進国を物ともせずに夫と研究を続けようとやってきた日本語も儘ならぬ母親が臨海実験所や家に出入りする若い研究者も交えて自由闊達に議論を戦わせる姿を日常茶飯に見てきていた。そこでは上下関係だの敬語だのは二の次で、とにかく「細胞発生の機構」というまだ見ぬ真実を求めて、誰もが謙虚に、そして誰もが平等に意見を戦わせていたのである。当時の日本には珍しいこうした環境に加えて、まりなの人格形成に大きな影響を与えたのは小学5年生の時にアメリカの母親の妹の家で過ごしたことであった。そこでの1年半をまりな自身「否も応もなく英語を話せるようになり……目上も目下もなく、親だろうが大統領だろうが名前で呼び合う英語圏での人間関係を身につけてしまった」と振り返っている。しかしこうした当時としては稀有なる環境こそが「違いを認めて同調を求めず、真実を求めて私情を挟まず、どこまでも鋭い批判精神を持ち続けることができる」まりなを育て上げたのである。その意味で彼女は肉体的にはもちろん、文化的にもまぎれもない混血児であり、だからこそ、交友における彼女独特の世間体を憚らぬ単刀直入な物言いも、その人への鋭い批判である以上に、その人の成長を願っての公平無私な愛情の表現となり得たのであろう。

この里山へ遊びに来たある若い女性研究者が、料理をしている私の横に来てそっと教えてくれたことがあった。

「私が初めてまりな先生にお会いしたのは北海道の学会でだったんです。そのとき開かれた若手の集まりに来て下さった先生が、討論の中でいろんな説を黒板に紹介しながら、〝私はこの説は好きじゃないから〟と当時一番だった話題の説を黒板からバッサリと消して〝細胞はもっと賢いはずなの。そういう意味でも私はこっちの方が良いと思う〟と、別の説を自由にご自分の考えを交えながら話されたんです。私は目からウロコでした。だってそれまで研究って、そんなふうに自分の好みや考えを絡めてはいけないものと教えられていたからです。でも先生はいろんな知見を押さえた上でなおかつ最後はそれを掻き分けて進む自分の羅針盤を持たなくちゃいけないことを私に教えてくれたんです。そんな思いを先生から教わったという若手は私だけじゃなくて他にも沢山いるんですよ」

私は料理する手を休めずに、日頃知らない研究の場でのまりなの姿を想像しながら耳を傾けていた。

「学会でのまりな先生はね……」

彼女はまだまだ話したいというように続けた。

「みんな席を立って他に誰もいなくなったときでも、最後まで討論に付き合ってくれる人なんです。いきなり辛辣でキツイことを言われて初めはみんなびっくりするんだけど、後で考えると先生の批判は的を射た、とても有り難いものだったと分かるんです。そして最後はみんな先生とお友達になって、次の学会の帰りには先生と一緒に温泉巡りなんかすることになるんです。若手には本当に有り難い存在なんです、先生は。それでね……」

とそこまで言って、彼女は急に何かを思い出したようにクスクスと笑った。

「それで、どうしたんですか？」

私もつられて笑いながら話の先を促した。

「私もその温泉巡りをご一緒させてもらったことがあるんですけど、温泉の脱衣所でね、後から入ってきた先生がまだもたもたしていた私たちの前でいきなり男の人みたいに下着とズボンを一緒にスポッと脱いで、服を丸めてロッカーに押し込んだんです。『えっ』と、呆気にとられている私たちに気が付いた先生は、

『いいのっ。これが一番早いのっ』

とちょっと恥ずかしそうに言われて、さっさと中に入っていかれたんです。あの時の先生のお顔、本当に自然児のままの可愛い少女……って感じで忘れられないんです」

そんなまりなが、就職したばかりの職場である事件の当事者となり、周囲からは、「事実はどうあれとにかく穏便に謝れ」と迫られ続け、それに耳を貸さなかった代償に今度は、「教授をさん付けでしか呼ばない生意気な奴」と日頃からの違和感をあからさまにぶつけられ、挙げ句には「負け犬が何を言う」と昇格人事で意趣返しをされ続けたのである。およそ自分らしくないことで咎められ、身についた文化的素養を毛嫌いされ、あろうことかそれを教育者、研究者としての評価にまで持ち出してくる。まりなにとってこれほど無念なことはなかったであろう。私が辛いのはまりなが、それでも「命までは取りに来ないさ」と受け流して、それらに耐えて勤め続けてくれたことなのである。女性に研究職など滅多にない時代であったからでもあるが、私さえしっかりしていればもっと別の職場を探せたに違いなかった。実際、こんな男社会に愛想を尽かし、定年を待たずに大学を辞め、この田舎に移り住んで、終日2人で暮らす里山生活を始めてみて初めて、私は「命までは取りに来ないさ」という豪胆さの陰には、大きな大きな心の傷が残されていることを思い知ったのである。

夕食の準備をしている私に、勝手口から「はい、これ」と畑から採ってきた瑞々しい野菜を差し出すことはしばしばあることなのだが、その日のレシピがすでに進行中であることもまたしばしばである。そこで勢いその日の収穫はひとまず冷蔵庫にしまわれることとなるのだが、そんな時に夕食の食卓に座ったまりながまず言うことは、

「あぁあ、私の作ったものは使ってくれないのね」

というセリフである。

あるいはある種の事件を話題にして議論をしていると突然大きな声で「男は嫌いだ」と叫んで、それ以上の事件の分析を不可能にしてしまう。そんな理不尽な僻みや感情的なステロタイプな爆発は以前のまりなには無縁なことだった。明らかにそれは、かつて大学での堪えに堪えた辛苦が噴き出たものと感ずるほかないものだった。男ならとっくに精神に異常をきたしていてもおかしくなかった長きにわたる苦難を、この程度の傷で耐えてくれたのだ……そう気がつくと、改めてまりなの豪胆さに頭が下がると同時に、いたたまれなさが私を襲うのである。それ以来私は、「内輪での理不尽な感情の発散くらい思うようにさせてあげなくては……それはむしろ私への遅ればせの甘えなのだ」と受け止めるようになった。

しかし、日常にあるこうした感情の起伏とは裏腹に、著作活動におけるまりなの文章は相変わらず冷静周到で論理明晰を極めるものだった。まりなの中には、人工的な男社会のしがらみから遠く離れて、ひたすらに「自然で素直なもの」に浸りながら長い間の研究を通して深めて

きた「細胞への思い」を本にして、ＤＮＡ至上主義に染まる世の中に広く問いかけたいという強い衝動があった。「命の最小単位はＤＮＡではなく細胞である」という長い研究に裏打ちされた彼女の燃えるような信念こそは、一方では「男社会は生命原理に反する人工的で不自然なもの」と指弾して止まない彼女の戦闘性の根源をなし、同時にそれは「誰にも知られず里山に咲き果実を育む梅やプラムや夏みかんを人の役立つものにしたい」という、夢見る少女のような情熱の根源ともなっていたのである。

高校生の頃のまりなは、縮れた髪を無造作に短髪にして、一度聞いたら忘れられない特徴あるハスキーな声を響かせ、ブルマの大根足をものともせずバレーに明け暮れる少女だった。当時としては珍しい「あいの子」であり、日本人の娘なら多かれ少なかれ身につけている奥床しさとは無縁な、底抜けに明るい自然児だった。しかしその自然児には奥床しさに代わって身に染み付いた宝物があった。それは自分の表情、言葉に他意がなく、他人の言動も見たまま聞いたままに信じるという無垢なまでの素直さである。そんな「自然児のあいの子」はいつしか多くの同級生の青春のシンボル的存在となっていった。しかし皆に愛される「いつも元気な団さん」を私は密かにシニカルな目で眺めていた。高校３年を前にした３月に私は家の裏にある雑草の生い茂る草むらに寝そべり、空を仰ぎながら焦っていた。

「今言わなければ……、どう伝えればいいのか……」

そして３年の新学期が始まってすぐに、付属する大学と共有する広い校庭の片隅に彼女を呼び出し、私は自分の思いを伝えたのである。

「団さん、今の君は間違っている。君はもっとものを考える人のはずだ」

高校生ならではのストレートで青臭い物言いだったが、まりなは真っ直ぐに受け止めて答えてくれた。

「私は生物学者になることしか考えたことないよ」

その日を境に私たちは数えきれない手紙をやり取りするようになり、誰も気付かない恋人同士となった。その頃からまりなは小さなノートを持ち歩き、一緒に映画を見ればその感想を細かく書き留め、ことあるごとに考えを文章にして書き残すようになった。「いつも元気な自然児」は「考える人」へと急速に変貌して行ったのである。しかしその頃のまりなは、私に言ったキッパリとした言葉とは裏腹に心の中では青春真っ只中の迷いを抱えていたのだった。

それを知ったのはつい最近のことである。


里山のこの家に、それまでいくつかの著作を著してきたまりなのこれまでの仕事の全容を素人にもわかるようにまとめて話していただけたら……と、ある雑誌の編集者が訪ねてこられたのである。そのインタビューの前の雑談中にまりなは、

「私は高校生の頃は、本当に自分は生物学をやりたいのか、親が二人とも生物学者だからそう思っているだけじゃないのかって随分悩んでいました。でも３年生の春に彼から、あなたは

もっと考える人だと言われて、それで生物学へすっと踏ん切りがついたところがありましたね」

と話したのだった。

私は二人へのコーヒーを淹れながら、「ネガティブ野郎」「詰乃甘太郎」と叱咤され続けている最近の私には滅多に言わない、若い頃の私への感謝の言葉をそっと背中越しに聞いていた。

「生物のもっとも面白いところは単純なものから次々と複雑なものを生み出して行く進化の力にあると、生物学を勉強し始めた当初から私は感じていました。しかし大学の生物学科に進んでからは、一つの大きな疑問を抱くようになっていたのです」

まりなはインタビュアーに促されて研究者としての長い歩みを語り始めた。

「生物進化の話には何かが欠けている。個体発生現象も本当に記述されているような連綿としたなだらかな変化の軌跡なのか、もっとはっきりした複雑さのステップとでもいうべき段階を踏んでいるはずではないか……。そんな疑問に拘っているうちに私はややこしい上にもややこしい『生物の複雑さ』ということに興味を持ち、誰もやっていない風変わりな研究を手掛けることになったのです。変わった学問、変な学問には風当たりが強く、私の研究は長い孤独なものになりました」

「先生のお書きになっているご本では私たち素人の人間にもスラスラと読めるような柔らかい語り口で、それでいてお話は一つ一つ図や写真と突き合わせながら、どこまでも論理明晰に展開されていますので、思わず最後まで読み進めてしまいます。しかし先生が伝えようとされている内容は本当に理解しようとすると実はとても密度が高くて奥が深いことなんですよね。さすがに学問の最前線のお話なんだなぁと、よく分からないままいつも感心しながら読ませて頂いているのです。ですからそんな先生が学会で孤立する中で、こういう事を書かれていたなんて思いもしませんでした」

「孤立も孤立、生物現象を物理的、化学的レベルに分解して扱うという還元主義生物学とは全く別の大海原に、私はたった一人でボートを漕ぎだしていったのです」

まりなは編集者の驚きを楽しむかのように笑顔を浮かべながら私の淹れたコーヒーで喉を潤すと、また長い話へと進んで行った。

「もちろん、生物現象が物理、化学現象の延長線上に成立するものである以上、還元主義的な態度が完全に不毛であるはずはありません。それどころか還元主義生物学は〝分子生物学〟という巨大な一分野を結実させましたし、そのインパクトは計り知れません。だけど忘れてならないのは分子生物学が解明したどの現象をとっても、生命現象と固く結びついているとはいえ、どのようにひいき目に見ても、それ自身が生命を帯びているとは認められないってことなのです」

「そうか……そう言われれば確かにそうですね」

編集者は初めて気付かされたというふうに軽い驚きの表情で頷いた。

「この点を見落としてしまって〝分子生物学〟だなんて呼んでしまうから、生命を見る我々の目を曇らせてしまうんです。本来それは〝生体高分子学〟とでも呼ばれるべきものなんですよ」

「なるほど……。あくまで生命を見つめるのが生物学なんだ……ということですね。それでは先生の曇らない目で見た〝生命〟とはどんなものと考えればいいんでしょうか？」

「それはね、この宇宙に奇跡的に存在した地球という環境のもとで、これまた奇跡的な種類と数の高分子化合物がただ一度だけ集合し、のっぴきならない関係にはまり込んだってことなんです」

「のっぴきならない関係にはまり込む……ですか。なんだか素敵な表現ですね」

編集者はまりなの独特の言い回しに思わず笑顔になって繰り返した。

「そう、本当にそう言うしかない関係なのよ。そののっぴきならない関係を保持し続ける〝細胞構造〟を我々は〝生命〟と呼んでいるわけ。今は偶然の産物という他ないこの細胞構造を前にして、これを物理化学レベルに分解することだけで事足りるとするのではなく、これ以上分解できない姿の〝生命現象〟としてあるがままに直視して、そこに成立している〝独自の運動法則〟を探し出すこと、それこそが〝生物学〟のなすべきことだと私は考えているのです」

インタビューがあると言うので今日のまりなは野良着をいつものよそ行きのTシャツに着替え、耳には、宝石箱に綺麗に並べて整理してある沢山のイヤリングの中から好みの一つを飾り、首には二本の長いネックレスと粋なスカーフをつけている。そのジャラジャラとしたオシャレはイタリアに行って身につけた好みのスタイルだった。それでもそこに座っているのは妥協を許さない凛とした学者にほかならなかった。

「細胞構造が物理化学現象と最も大きく違うのは、最初の細胞以後の細胞がこの最初の1個の細胞に拘束されているということなんです。ただ一度の偶然的な出来事の結果をどこまでも引きずっていかねばならないのです。しかしこのことを別の角度から眺めれば、細胞には過去の経験を記憶し、それを伝承するメカニズムが備わっていると見ることができます。細胞が生命という特性を保持したまま何段階かの複雑化を達成しえてきたのはこの記憶、伝承の能力に負うのです」

まるで可愛い我が子を自慢するかのようにまりなは熱を込めて語り続けた。

「現代生物学は細胞のこの記憶、伝承の能力をひとえにDNAに負わせてしまうのです。確かにDNAに書き込まれた遺伝暗号と細胞分裂機構は細胞の持つ記憶伝承装置には違いありません。しかしDNAに書かれている情報は、全てのタンパク質分子とRNA分子についてのアミノ酸及びヌクレオチドの配列情報とタンパク質合成のタイミングに関する情報だけなのです。私には、その情報だけで細胞すなわち生命を作りだすことができるとは到底思えないのです。おそらく、DNAは細胞の記憶、伝承内容の内の再現可能部分を受け持たされた部分記憶装置なんです。生命そのものの伝承は細胞による細胞分裂という方法でしか出来ないんですよ。私はそう思っています」

「そうすると〝命〟とは、私たちが思い込まされているようにDNAに書かれたものだけを解き明かせばいずれは解ってくるというようなものではなくて、命を細胞分裂という方法で伝承する細胞そのものを見つめて、それが複雑化して行く姿を同時に見つめなければ解らないものなのだ……ということなんですね」

「そういうこと」

「なんだか女性として、勇気づけられるようなお話ですね」

女性編集者は台所のシンクに寄りかかったまま聞いている私に笑顔を見せながら言った。それで思い出したように、手元の冷めはじめたコーヒーを「失礼します」と丁寧に私に断りながら口へと注いだ。

「そしてその生物の複雑化には階層性があるのだと先生は書かれていますね。今日はそこを素人にも解るようにお聞きしたかったのです。そもそも〝階層性〟というのは先生が言い出されたことなのですか？」

「生物という複雑さのレベルは我々の脳には捉えにくいもののようで、生物進化を具体的に記述する系統学も、生物の身体の構造を探求する解剖学も、その機能を解析する生理学も、個々の身体の成り立ちを解明しようとする発生学も明確な階層概念を生みだしてはいません。階層性という考えに気付かせてくれたのは35年前に遭遇したケストラーの『機械の中の幽霊』という本でした。しかしこの本に示された生物の階層の例は、当時の生物学が階層性について未熟であったのと丁度同じだけ未熟であり、説得力に欠けていたのです。〝ここを完成させるのが私の仕事だ……〟私はこの本からそういう啓示のようなものを感じたのです」

「本との邂逅ということですね」

「そういうことになるのかな……。その後私は、広く物事の複雑化は段階的に起こるものであり、そこには必ず〝階層構造〟というものがあるということを、物理や化学の現象から学び、それ以上に複雑な生物現象にも〝階層構造〟があるに違いないと確信を深めていきました。そしてそれを説得力を持って取り出すためには、そこに働いているルールを見つけなければならないと考えたのです」

「それが先生がご著書で繰り返し述べておられる階層構造における〝包含関係〟と〝新機能の付加〟というものなんですね」

「そうですね。包含関係というのは、ある階層単位があるとすればそれは必ず、それより単純な階層単位からつくられているということです。しかしそれだけでは新しい階層構造と言うことは出来ないのです。なぜならある階層単位に辿り着いたものは必ず、その階層の中で可能な限りの多様性を開花させるからです。そんな多様性が混在する中から新しい階層というものを取り出すためには、単なる多様性を超えた〝桁違いの性質〟の出現を確認しなければなりません。それを私は〝新機能の付加〟と名付けたのです」

語り続けるまりなの表情はますます鋭さを増し、目は輝き、畑に座り込んで黙々と草を引く穏やかな老農婦からは想像も出来ない、尽きることのない探求への情熱と厳しさが溢れ出ていた。

「そういうルールをもとにして階層的考察を進めていく中で、私はしばしば階層的に考えるということは新しい視点を切り開く上でも有効であると強く感じ続けていました。ある階層構造の内にいくつもの事象を位置付けていく作業は、いやが上にもそれらの事象を比較検討することを迫ってきます。その比較検討の基準は問題にしている階層構造からの要請によって決まってくるので、必ずしもそれが常識や既成概念と一致するとは限らないのです。こうした不一致に直面し、苦し紛れにもがく先に、しばしば新しい視点が開けてくる。そういうことを私は何度も経験しました。そんな悪戦苦闘を通して私は、原核細胞から始まった生物の体制の複雑化を6段階の階層構造の進化として捉えることが出来ることを明らかにできたと思っています」

まりなの話はいよいよ佳境に入った。編集者も立ち聞きしている私も思わず身を乗り出し、孤独な作業に没するまりなの姿を思い浮かべた。

「ちょっと専門的で難しくて長い話なので、細かい事は気にしないで細胞を内と外とを分ける一つの風船のような袋としてイメージしながら大雑把な筋道を聞いて下さいね」

まりなは私たちの身構える緊張感を先取りして、励ますようにニコッと笑顔を浮かべた。

「まだ生物のいない地球上にいろいろな有機分子が蓄積し、それが偶然に集合して生命が生まれました。これが〝原核細胞〟で、直径1ミクロン程の丸い生き物です。半透性の細胞膜に囲まれ、中には一本のリング状のDNAが一カ所で細胞膜に固定されて存在し、様々な化学反応をする高分子複合体の集合が入っています。細胞膜の外側は網目構造の硬い細胞壁に囲まれています。細胞膜は風船のように内外を完全に遮断するのではなく、〝膜輸送〟という機能により外界の低分子化合物を選択的に細胞内に取り入れ、それらを加工して生体高分子複合体を作り出し、不要な排泄物を細胞外へと放出します。こうした代謝機構はあまりに多くの化学反応が複雑に絡み合って成立しているため、回るコマのようなダイナミックな平衡状態を作り出します。

そしてこの代謝機能によって物質的余裕が出て来た原核細胞は自分自身を二つに割ってシステムを倍加します。その時、細胞内に統計的に存在する多様な物質を二つに分けることはさして難しくはなくても、遺伝情報を持つ唯一の非統計的存在であるDNAを複製して間違いなく二つの細胞に振り分けることは難しいことに違いありません。しかし原核細胞は一本だけのリング状のDNAを〝無糸分裂〟させるという見事な方法でそれをやり遂げたのです。代謝によるダイナミックな平衡状態と遺伝情報を確実に伝え続けるこうした〝細胞分裂〟こそがこの世に初めて現れた生命現象にほかならないのですから、その構造と機能を有する〝原核細胞〟が生命の〝第1階層〟であると私はみなします」

「そうするとDNAは生命の始まりから細胞内に存在したということなんですね」

「今はまだそこから話を始めるほかないですね」

まりなは編集者に少し残念そうな表情を見せながら答えると、すぐに先を続けた。

「こうした原核細胞の中に太陽光のエネルギーを用いて炭酸ガスから有用な分子を作り出すことに成功したものが現れました。光合成細菌の出現です。彼らは猛烈に繁殖して代謝の廃棄物として酸素を放出したのです。酸素が他の原核細胞に入ると、そこで進行している化学反応のどこにも入り込んでそれを攪乱します。DNAと反応して遺伝情報も乱してしまいます。次第に濃度を増す酸素に対して原核細胞たちは身を寄せ、互いに融合して体を大きくすることで対応します。体を大きくすればDNAを内部深くに隠し、侵入する酸素からの攻撃は適当なタンパク質に受け止めてもらえる確率が増えるからです。こうして出現したのが〝ハプロイド細胞〟で、直径が原核細胞の10倍以上、体積にして1000倍以上にもなりました。

融合の過程でハプロイド細胞は、原核細胞よりはるかにしなやかな細胞膜を持つようになり、そのしなやかな膜を細胞内に折れ込ませ、膜輸送では取り込めなかった大きなものをその細胞膜の袋に取り込んで〝細胞内消化〟という新機能を可能にし、栄養の効率を上げます。時には折り込んだ細胞膜の袋を細胞膜から切り離して、細胞内を〝代謝機能ごとに区画化〟するという新機能も作り出し、〝代謝機能の効率化〟という新機能を身につけます。いくつもの原核細胞が融合してできたハプロイド細胞にはDNAも複数本存在しますが、それらもいくつかの染色体という形に荷造りして、こうした区画の細胞内で一番目立つ区画である〝核膜〟に収められたのです。この原核細胞にはなかったＤＮＡが収められた核膜に因んでハプロイド細胞は〝真核細胞〟と呼ばれることもあります。

この複数本になったＤＮＡを細胞分裂で秩序立てて扱うには、原核細胞の一本だけのリング状のＤＮＡでうまく機能した無糸分裂という単純な方法は通用しません。そこでハプロイド細胞は、複数本の染色体にまとめられた糸状のＤＮＡに対して、〝有糸分裂〟という大掛かりな新機能を編み出し、それによって遺伝情報を二つの娘細胞に正確に分配する方法を見つけ出したのです。こうしてハプロイド細胞は生命の〝第２階層〟と判定できるのです」

ここでまりなは、残ったコーヒーに〝おっ、そうだ〟と忘れ物に出会ったような表情で手を伸ばし口に運んだ。そして、

「実はハプロイド細胞には原核細胞にはなかった機能がもう一つあります」

とまた楽しげに話を続けた。

「それは〝接合〟という能力で、それによって〝同一種の２匹のハプロイド細胞〟が完全に合体して融合してしまうことができるのです。その時それぞれの核構造も一旦消失させ、２セットずつに増えた染色体、それを〝相同染色体〟というのですが、それらを一カ所に集めて再び核膜を形成します。こうして出現したのが〝ディプロイド細胞〟なのです」

「接合も、原核細胞からハプロイド細胞が生まれた過程のように、飢餓に対するハプロイド細胞の緊急避難のような形で発揮された機能だったのでしょうか？」

「私はそう推測しています。まぁその事情はさておいても、これからお話しする階層構造の分析から、ディプロイド細胞こそが、ハプロイド細胞に次ぐ生命の〝第3の階層構造〟であると私は判定しているのです」

「高校の生物の教科書には、ハプロイド細胞もディプロイド細胞も真核細胞として記述されてますよね」

「よく勉強してますね」

まりなは編集者の的確な質問にニッコリと笑みを浮かべながら相槌を打った。

「たしかに、ディプロイド細胞には同種の2匹のハプロイド細胞が持ち寄った相同の染色体が2セットずつ存在すること以外は、ハプロイド細胞と構造的には顕微鏡で見ても全く見分けがつきません。だから研究者の多くはハプロイド細胞とディプロイド細胞は真核細胞という生物単位の単なる二つの側面と考えているのです。しかし私はこの両者の間に〝包含関係〟と〝新機能の付加〟という階層構造の2条件が成立していることによって、この両者は異なる階層単位に属すると判定することができたのです」

まりなは自信に溢れた表情でまっすぐに編集者に語り続けている。

「ここまでの話で、両者の間の包含関係は明らかですから、ディプロイド細胞にあってハプロイド細胞にはない最も顕著な新機能を見ていきましょう」

いよいよ話は最初の核心に迫って来た。私も思わず身を乗り出すようにして聞き入る。

「ディプロイド細胞も、順調に代謝が進行している間はハプロイド細胞と同じ有糸分裂によって細胞分裂を行います。しかし二つのハプロイド細胞が持ち寄った相同染色体を2セットずつ有することになったディプロイド細胞には、有糸分裂を行うには何か欠陥があるらしく、分裂を繰り返すうちにＤＮＡに傷が溜まったり削り減ったりするらしいのです。そのため、ディプロイド細胞はある程度分裂を繰り返すと死んでしまいます。ハプロイド細胞には見られないこうした有糸分裂回数の限界は、ディプロイド細胞の言わば〝負の新機能〟であるわけです。

ところが不思議なことに、ディプロイド細胞にはハプロイド細胞にはない〝減数分裂〟というもう一つ別の分裂法があるのです。これはディプロイド細胞が相同染色体を2セットずつ持つという事情と深く関わった、一口には説明し難い手の込んだ分裂法で、相同染色体を複製して4個にした後、有糸分裂と減数分裂を続けて行って、染色体一つだけを持った4個のハプロイド細胞に戻り、その一つが母方細胞として、同じように減数分裂した同一種の別のディプロイド細胞から分裂した父方ハプロイド細胞と対合することによって再び元と同じ種のディプロイド細胞として再生するのです。そしてこれまた不思議なことに、この手続きを経ることによってディプロイド細胞の有糸分裂の分裂限界が元に戻るのです」

まりなは「へぇ」と感心する表情を浮かべる編集者の反応を確かめながら話を続けた。

「このことを見方を変えて階層構造から考えてみると、ディプロイド細胞というハプロイド細胞より一つ上の階層の細胞が、自分の分裂メカニズムに組み込まれてしまった欠陥を取り除くために、いったんそうした欠陥を持たない一つ階層の下のハプロイド細胞に戻って、再びそこから自分を作り直すことで、有糸分裂の能力をリセットしたのだと解釈できます。つまり減数分裂はディプロイド細胞の単なる細胞分裂ではなく〝再生の手続き〟と考えられるのです」

「さきほど母方細胞と父方細胞と言われましたが、減数分裂と有性生殖は同じことと考えていいのですか？」

「同じと考えて結構です。有性生殖は、およそディプロイド細胞から作られている全ての生物の間で必ず行われています。それは〝有性生殖〟にはこうした〝ディプロイド細胞の再生手続き〟という生物にとって避けて通れない重要な意味が隠されているからだと私は考えています」

「面白いですねぇ」

うんうんと頷きながら聞いていた編集者は、とうとう心から感心したというふうにため息交じりの感想を口にした。

「面白いでしょう」

まりなも満足そうにオウム返しに言ってニコリとしながら話を継いだ。

「このようにディプロイド細胞には階層を上下しながら、自分の種としてのアイデンティティを失わないで自分を再生させるという稀有なる能力が備わっているのですが、他にも、ハプロイド細胞にはなかった〝細胞間の連絡機構〟という新機能も備わっていて、何らかの形で周りの細胞と連絡を保って生活する能力がとても高い細胞なのです。そうした協調性と自分のアイデンティティを失わずに階層を上下する機能をさらに磨いて、ディプロイド細胞はもっと複雑な〝細胞分化〟という方法を思いつくことによって、これ以後の多細胞生物の出現やその進化に深く本質的に貢献することになるのです」

「先生はディプロイド細胞を愛してらっしゃるのですね」

編集者は聞き入っていた背筋を伸ばし、笑顔で私に視線を送りながら、

「先生のお話を聞いていると、私もディプロイド細胞を抱きしめたくなってきました」

と笑った。まりなの濃密な話の運びに、編集者の半ば抑えきれない感動と同時に、集中力の疲れも見て取った私は、ひと呼吸の休みを取るべく、いろいろな果物を小さく切ってワインとクワントローに漬けた自作のフルーツ盛り合わせを冷蔵庫から取り出して運んだ。暫しフルーツを味わいながら気楽な談笑の後、また本筋の話が始まった。

「有性生殖で新生したディプロイド細胞は、有糸分裂によってクローンを形成し多細胞の体制を形成します。このうち細胞壁を持つ緑色植物のディプロイド細胞は〝葉根子〟を形成して植物体を構成します。一方細胞壁を持たない動物のディプロイド細胞は互いに側面だけでしか結びつくことが出来ず、どの一つの細胞も隣に相手がいないという状況を受け入れられないという性質を持っているのです。その結果として、動物のディプロイド細胞集団は誰も端っこではないという閉じた中空のシートを形成することになります。この風船玉のような中空構造を

〝上皮〟と呼び、上皮を構成するディプロイド細胞を〝上皮細胞〟と呼びます。ちなみにハプロイド細胞から作られた上皮は知られていません。

　上皮は表面から見ると細胞がパッチワーク状につなぎ合わさって一枚の広大な細胞膜のように見え、その内側に〝細胞外空間を包囲した体内空間〟という新機能を持つことになります。この体内空間には上皮細胞による透過選択によって許されたものだけが出入りしますから〝外部空間とは異なる生物学的内部空間〟となります。この内部空間を〝中膠《ちゅうこう》〟と呼びます。こうして上皮は生物として初めて細胞外の空間を体内空間として囲い込むことに成功したのです。この空間は更にその一部を深く内側に凹ませて壺状となり、上皮で取り囲んだ凹んだ空間、実は外部空間ですが、それを作ります。これを腸腔と呼び、そこで外部食物の〝細胞外消化〟という新機能を行うようになります。凹まされて狭くなった内部空間としての中膠にはコラーゲンを主成分とする細胞外マトリックスの層が形成され、その中に神経細胞が網の目状に分布し周囲の上皮の感覚細胞からの情報を受け取って上皮筋肉細胞などに伝え、全体としての統御された運動を可能にします。これがディプロイド細胞からなる〝上皮体制〟という生命の〝第4の階層〟です」

「さきほど、神経細胞と言われましたが、それもディプロイド細胞から分化したんですよね」

「勿論そうです。多細胞生物を構成するディプロイド細胞はほとんどの場合多くの種類に細胞分化して、筋細胞、消化粘膜細胞、神経細胞、光受容細胞、根や葉の細胞など生命を維持するために必要な機能のいずれかを専門に受け持つようになるわけです。ディプロイド細胞って本当に柔軟で素晴らしいものなのよ」

まりなは得意げに娘を自慢するように言った。

「細胞外マトリックスってどんなものなのですか？」

しばらく間を置いた編集者は先を急ぐように質問した。

「中膠を満たす細胞外マトリックスは、大部分がタンパク質であまり水を含まずがっちりとしています。それによって上皮が安定するわけですが、反面硬すぎるという欠点を持ちます。それがやがて吸水性を高め繊維状のタンパク質を含むようになり、体内空間である中膠を膨らませて3次元化すると共に、細胞がこれにつかまって自由に動き回るようになります。ここまでくると中膠は〝間充織体腔〟と呼ばれるようになり、この中を移動する細胞も〝間充織細胞〟と呼ばれるようになります。この新機能を〝間充織細胞と間充織体腔〟と呼び、それを包み込む上皮体制と合わせて〝間充織体制〟と名付けます。これが生命の〝第5の階層〟です。

この体制においては3次元化した内部の膨圧を利用した〝静水圧性骨格〟という新機能によって動物の体を支えるようになり、〝内臓諸器官も独立〟し、それぞれの機能の効率を上げます。その結果、動物たちは地表をはい回るようになり、〝左右対象の体制〟という新機能が生まれます。とは言っても細胞外マトリックスが上皮を持ち上げられる高さはせいぜい5ミリくらいなのです。また細胞外マトリックスのもう一つの重要な機能は細胞たちの足場となることです。内部空間を動き回る間充織細胞はもとより、上皮自身でさえ細胞外マトリックスに取り付くことによって初めて所定の位置を保っていられるのです。つまり細胞外マトリックスは体のすべての部分を一つにつないでまとめているのです。このことは多細胞生物にとって本質的に重要な事ですが、その結果それぞれの部分にとっては独自の行動を許されないという意味で不自由でもあるのです。これらの不自由を克服するものとして、中胚葉細胞の一部が間充織体腔内に上皮性の袋を生じ、体液だけで満たされた上皮性体腔が出現します。この空間はその周囲の間充織体腔や上皮を強化してやれば、いくらでも水を蓄えて膨らむことができます。膨らもうとする膨圧にしっかりと抵抗すれば、体は水を入れて膨らませた風船のように硬さを獲得し、体全体を支える力を持つようになります。これが〝静水圧性骨格〟と呼ばれるもので、ぴんと張った体の内部はがらんどうの空間ですからそこへいろいろな器官をはみ出させることができます。この空間を〝上皮性体腔〟と呼びます。この上皮性体腔を備えた〝上皮体腔体制〟が生命の〝第6の階層〟となります。

上皮体腔体制を持つ動物は一般に大型で私たちにはなじみの深いものが多く含まれます。何よりも私たち自身がその仲間です。私たちの心臓と肺が収められている胸腔と消化管が畳み込まれている腹腔が私たちの上皮性体腔です」

話が精緻なだけに聞くだけで理解するのがだんだんむずかしくなってきた。

「それじゃ、階層の説明が終わったところで15分ほど休憩してください」

私は半ば強制的に割り込んで、紅茶と昨夜のうちに作っておいた自慢のティラミスをまりなと編集者の座るテーブルの真ん中にデンと置いた。

「わぁー、凄い」

直径20センチ厚さ5センチの丸い大きな塊を見て編集者は思わず立場を忘れ、若い女性らしい歓声をあげた。もとより私の予期するところで、手際よく手元に切り分けて配ると、

「こんな大きなティラミス見たの初めてです」

と大きな塊に目をうばわれながら、彼女は手元のティラミスをひとくち口に運んだ。

「美味しい」編集者の目がまん丸になる。

「この人はね、女の子を喜ばせるのが趣味なの。でもこのティラミスはたしかに美味しいのよ」

まりなは私を揶揄しながらも得意げな表情で、私のサプライズ介入を素直に受け入れてくれていた。美味しい休憩は直ぐに過ぎ去り、新鮮になった頭にまたまりなの濃密な話が響き始めた。

「ここまで生物が階層的に複雑化してきた様子を示してきましたが、それではよく知られた生物進化の系統図を階層的に作り直したらどうなるでしょうか……」

まりなはそう言いながら脇に置いた資料から二枚の図を引き出し、そのコピーを編集者にも渡して説明を続けた。

「こちらは誰でも知っている進化の系統図ですけどね。これは基本的には生物進化の流れをただ木の枝分かれに模して書いただけのものです。これに私なりの改良を加えて、樹木の縦軸を進化の順に六つの階層区分に分けてみるのです。つまり系統図の縦方向に階層性という新たなメモリを入れるのです。それがこちらね」

まりなは少し得意そうに自分で書いた方の系統図（表紙参照）を指差した。

「こうすると例えば、間充織体制に辿り着いたけど、それ以上の階層には進化しなかった代わりに、その範囲で様々に進化した系統は、間充織区分の中に一つの枝分かれの塊として位置付けられます。あるいは上皮性体腔体制まで達してそこで様々に進化した系統は、間充織区分を突き抜けて最上階の上皮性体腔体制の区分までまっすぐに伸び、そこでの大きな枝として位置付けられます。

こうして新たに浮かび上がった系統図を見て直ぐに気がつくことがあります。それは同じ区分の中に、例えば間充織体制区分の中に、あるいは上皮性体腔体制区分の中に、二つ以上の大きな枝分かれの塊があるということです。これは進化の過程で、それぞれの体制が独立に2度以上の確率で起きたことを示しているわけです。もし生物の進化がＤＮＡの中立的変化が淘汰によって選択された結果だとすると、よほどの偶然の一致がない限り、同じ変化が独立に2度以上別々に起こることなどあり得ないはずです。素直に考えれば、これはディプロイド細胞が作り上げた上皮性体制という構造の中に、間充織体制や上皮性体腔体制に向かう発展の方向が既に内在していたと解釈するのが最も自然なことだと思います。生物進化に階層性というメモリを入れて浮かび上がったこの事実は、進化を全て遺伝子変異とその淘汰に帰そうとする現在の進化論に再検討を迫る重大な事実だと私は考えています」

それは素人にもわかる進化論の矛盾への重大な、しかも周到を極めた指摘であった。

「遺伝子変異と淘汰と言えば何でも説明してしまえる進化論というのは、適用限界を持たない理論のようなもので、適用限界を持たない理論なんてそれだけで無効なんだよね」

まりなのあまりにも見事な進化の構造分析に興奮を隠せず、思わず口出しした私だったが、まりなは冷静に「あなたは黙って……」というふうに手で制して続けた。

「生物の進化を考える場合〝複雑さ〟と〝多様さ〟を区別して考えることが大切なんです。〝生物の進化〟とは第一義的には、ここまでお話しした階層性を駆け上る〝複雑化〟を指していると思います。そしてそれぞれの階層で様々な可能性が花開いた結果が〝多様性〟で、それが進化の第二義的な意味だと考えています。遺伝子変異の説がこの二つの進化の局面をどのように説明、仕分けることができるのか……。これこそがこれからよく見極めなければならないところだと私は考えています」

まりなはかねてからの自分の思いに具体的な素晴らしい手がかりを探り当て、重大な提言を口にしているにもかかわらず、その物言いは学者らしく控えめだった。この辺りの一言には何万もの専門的な反論があることを知っているからである。

「そうすると先生は、今日インタビューの最初に〝生物進化の話には何かが欠けている〟という疑問を大学の生物学科に進んだ頃から感じていたと言われましたが、その疑問に見事な答えを見つけられたわけなのですね？」

手元の記録を手繰りながら編集者も興奮気味に質問した。

「そう、その答えに辿り着いて気がつけば、結局30年の歳月が過ぎていましたね」

淡々と語るまりなの顔に珍しく過去を振り返るような感慨深い表情が浮かんだ。編集者も私も思わず顔を見合わせ「凄いね」と目と目で感動の気持ちを交わした。

「先生はそこで、個体発生現象も本当に記述されているような連綿としたなだらかな変化の軌跡なのか、もっとはっきりした複雑さのステップとでも言うべき段階を踏んでいるはずではないか……とも言われました」

編集者はなおも手元の書き取りノートを確かめながら質問を続けた。

「個体発生の複雑さのステップと進化の階層性とはどんな関係と考えたらよろしいのですか？たとえば先生の書かれた系統樹では一番上の階層の〝上皮性体腔体制〟に辿り着いた系統はそれ以下の階層を突き抜けて真っ直ぐにその階層まで伸びた枝として表されているわけですが、それはその系統の生物の個体発生が、卵からいきなり上皮性体腔体制という一番上の階層から始まるということを表しているわけではないですよね」

「そうそう。良いところを聞いてくれましたね。実際そこが生物の面白いところなのね。どんな系統の多細胞生物も、有性生殖によってディプロイド細胞が一度ハプロイド細胞に戻るという手続きを経て、再びディプロイド細胞として系統進化で辿り着いた階層までを一つずつ上昇することによって再生産されるのです。この上昇過程を個体発生と呼んでいるのですが、これを系統横断的に横から眺めれば、ディプロイド細胞から始まる全ての個体発生は各階層構造の様々な具体的な表現形として見えてくるわけです。実際はその作業を通して、系統発生の階層構造という生物の進化の構造が取り出されてきたのです」

「あぁ、そうか。話は逆だったんですね。先生が様々な個体発生を階層構造という意識で眺められたからこそ、進化の階層構造というものが見えてきたというわけなのですね」

「そういうことです。そのことを図にしたのがこれね」（表紙参照）

まりなはそう言いながらまた新たな一枚の図をテーブルに広げてみせた。

「これは縦軸も横軸も同じハプロイド細胞、ディプロイド細胞、上皮体制、間充織体制、上皮体腔体制の五つの階層に区分されています。しかしこの両者の意味は微妙に違うのです。横軸は系統発生で生物界が獲得したボディープランとしての階層であり、個々の生物ではありません。それに対して縦軸は個々の生物がその個体発生過程を通して生み出す階層です。そしてこの横軸の左端のハプロイド細胞から右端の上皮性体腔体制まで、それぞれの階層に辿り着いた代表的個体の個体発生の姿を縦軸に書き込んでみたものがこの図です。こうすると、それぞれの個体発生の過程が45度の直線になって綺麗に並んでいます。これこそかつてＥ・Ｈ・ヘッケルが『個体発生は系統発生を繰り返す』と直感した本当の意味にほかならないわけです」

「この図を学会のポスターセッションで発表した時は〝ヘッケルは何を直感していたのか？とこんな風変わりなテーマで１００年前の学説に新しい光を与えた研究者がいる。そのポスターの周りには沢山の人だかりができた〟と新聞にも紹介されたんですよ」

私は本人より得意げに二十数年前の懐かしい出来事を編集者に披露した。

「あなたそんなことよく覚えてるのね」

まりなはびっくりしたように私の顔を見て言った。

「そりゃそうだよ。君のことが初めて新聞に載ったんだもの」

「ところで……、一つお聞きしたいことが残っているのですが……」

私たちのやり取りをニコニコと聞いていた編集者は、急に思い出したように慌ててカバンの中の書類をめくり、やがてその中から一枚を抜き出してテーブルに置いて言った。

「この図なんですけど、これは今日のお話とどんな位置付けになるのでしょうか？」（表紙参照）

「あぁ、それね」

それは今ではよくあちこちで引き合いに出される、生命誌研究館から出されている扇型にかかれた動物進化の新しい系統図だった。

まりなは予期していたかのように一瞥してから、

「それは今日お話しした階層性の考えに辿り着いたばかりの頃のものですね」

それを作った頃の経緯を思い出すようにしながら説明を始めた。

「たしか平成5年だったと思いますが、高槻の生命誌研究館の中村桂子さんの呼びかけで、生命誌系統図研究会というのが始まって、そこでいろいろな各専門の先生方と議論を重ねて作りあげたのがこの新しい進化の系統図だったんです。議論の段階で私が今日お話しした6段階の進化の区分の考え方をお話ししたら、各分野の専門家の方々からいろいろと問題点が指摘され修正もされたのですが、大枠の考え方は認められて、その図を導き出す基礎にはなったのかなと私自身は考えています」

「今ではかなりあちこちで見かけますよね」

「そうですかね。それだと嬉しいけどね」

まりなは屈託のない爽やかな笑顔で言った。

編集者は残った紅茶を飲み干し、書類を片付けると、

「先生、今日は素晴らしいお話をたくさん聞かせていただき本当に有難うございました。そして旦那さんにはいろいろと美味しいものを食べさせて頂きありがとうございました」

と改まった調子で礼を述べた。私もまりなの横で頭を下げた。

「あなた、帰りのバスの時間、決まってるの？」

「いえ、駅に着いてから決めようと思ってます」

「それなら、お腹も空いたでしょう。駅に行っても何にもないから、ここで何か軽く食べてからお帰りなさい」

私に目で合図をしながら言うのを聞いて私は内心びっくりしていた。日頃からそうした気配りはしないまりなが、そんなことを事前の打ち合わせもなく言うことは滅多にないことなのだ。今日自分の仕事の全容を話し切ったことが余程満足だったのか、よく勉強してきた編集者を労いたかったのか……、とにかく話は決まり、夕食の出来るまでということで、まりなは編集者を畑の案内に出て行った。私は大急ぎで冷蔵庫をかき回し、冷凍のエビとホタテとイカと、自作のトマトルーのあるのを確かめて、具沢山の海鮮スパゲッティをうきうきとして作り始めたのであった。

第2章

里山のジャム

「さて始めるか……」

一緒に見ていたドラマが終わると、まりなはコーヒーの残りを顎をあげて飲み干しながら立ち上がり台所に向かった。

「今日もやるの？」

「フリマはもうすぐだからね」

「そうかフリマがまたくるんだね」

私はそう言いつつ急いで台所に向かい、そのままになっていた食後の皿たちを片付けにかかった。まりながジャムの仕事を始める前には台所を朝と同じ状態にするのが私たちの暗黙の了解事項だったからだ。その間まりなは、奥の部屋からいろいろな瓶類を運んできたりして、作業の準備を始める。

ジャムを作り始めたばかりの頃は、材料を集めてきたら、すぐにそのままジャムにまで作り上げていたから、ジャム作りは季節労働だった。その後生物学者らしく分析を重ねて、然るべき途中の行程で止めておいて瓶詰めにしておけば、いつでもそれを使って、まりな特有の透明感もあり味も新鮮なジャムが作れることを見つけ出したのである。そこに至るまでの努力は側で見ていても尋常ではなかった。そういう可能性を飽くことなく追求することが、まりなの趣味なのだと思う他ない。とにかく何事においても学究的なのである。だからドラマを楽しむというのは、まりなには実に珍しい純粋なエンターテインメントなのだ。

それはともかく、ジャム作りはこうしていつしか季節を問わない注文生産に変わり、まりなの夜の10時以降はいつも、なにがしかのジャム作りに充てられるようになった。その種類も年とともに増え、今では梅、夏みかん、グミ、桑の実、プラム、花梨、ブルーベリー、イチジク、キンカン、畑でつくった自作の生姜などなど10種類にも広がっていた。

今日はそのフリマの前日である。


「試食用……を決めておくんですね」

「そう、それぞれ一つずつね」

「梅ジャム、夏みかんジャム、プラムジャム、桑の実ジャム、りんごジャム……でしょう」

かなちゃんはたくさん並んだ机の上のジャムから種類の違うものを一つ一つ選び出して自分の前に並べていく。

「えーと、後はいちじくジャム、グミジャム、金柑ジャム、それと……」

「生姜ジャム」

まりなが力を込めて言った。

「あっそうだ、まりなさんのジャムに欠かせないメンバーでしたね」

かなちゃんも笑いながら生姜ジャムを選び出して自分の前に置いた。

「それは私のジャムの人気ナンバーワンだからね」

まりなは少し顎を突き出して自慢そうに言った。

「そうそう。私の父もこれがいちばん好きなんですよ」

名のある舞台役者の娘であるかなちゃんも笑顔で受けてそれからまた沢山のジャム瓶に視線を向けた。

「ジェノバペーストはどうしますか……」

ジェノバペーストとはバジルペーストのことで、イタリア式の命名である。それが私の作であることをかなちゃんも知っているので、それも〝まりなさんの里山のジャム〟に入れていいかどうかを聞いたのだった。

「〝まりなさんの里山のジャム〟はブランド名だからって徹さんが言うから、それも私のジャムとして一緒にすることにしたの」

「解りました。そしたらトマトジャムも入れていいんですね」

「そうね、それも徹さん作だけど……ね」

まりなは少し口ごもりながら言った。

「トマトは徹さんが農協で買ってきたものだからね、実は〝里山のジャム〟じゃないんだよね。でも人気はあるのよ、不思議なことに」

まりながジャムを作り出したのは、この地に移り住んでからすぐのことだった。別荘として来ている時は気がつかなかったが、住んでみると、昔はそれぞれの持ち主が大事にしていたであろう梅やグミやプラムが豊富に生るがままになっている。特に梅は時期になるとあちこちにあって、黄色く色づいた落ち梅は私から見てもそのまま放置しておくのが惜しいと思われるほど美しかった。まりなは、今は年老いてしまったそれぞれの持ち主に断りを入れて、その梅を拾い集めて、いろいろと試行錯誤を重ねて美しく透明な梅ジャムを作りあげたのである。それから次々と手を広げて、いつの間にか手掛けるジャムの種類は多種多様となったが、それでも材料は皆この村の中で採れるものばかりだった。

はじめのうちは知人たちへ送り届けていたのだけれども、こんなにおいしくて種類が多いのだからフリーマーケットに出品してみたらと奨める人がいて、去年からゴールデンウィークに開かれる海辺のフリーマーケットに参加するようになった。この時、まりなが掲げたのが「里山のジャム」という旗印だったのである。そこには昔ながらに自然が生み出したものだけで作ったのだというまりなの強い拘りと主張が込められていた。

市場から買ってきた材料で作った徹作のトマトジャムに逡巡を示すまりなの気持ちはそんなところから来ていた。

「生姜糖はカゴに入れておくんでしたね」

「生姜糖も結構人気があるのよね」

ゆったりとした亜由美さんの問いかけにまりなも嬉しそうな笑顔で答えた。

亜由美さんは、控え目ながら細かいところに気を回してくれる人で、まりなの教え子である。今年も2人の子供をもつ身を押して、連休を利用して関西から駆けつけてくれている。子供たちと来る夏休みには、毎晩遅くまでまりなのジャム作りを手伝い、その作成法を誰よりも詳しく伝授されている人なのだ。

私はこのフリマの前日のひと時がとても好きである。去年は初めてのことだったが今年は多少訳知りで皆自分の役割を心得てうきうきとして作業に集中している。私はと言えば、ジャムを置く机やそこに広げるパラソルや休憩のための椅子、その横に立てる「まりなさんの里山のジャム」と書かれた幟を用意したりと、要するにジャムの展示を見てお客さんが足を止めやすい店構えを手抜かりなく用意することが役目だった。しかしまりなが、今年はその幟をもっと目立つように高くすると言い出したことで悶着が始まったのである。私はすぐに絶好のアイデアが浮かび、折りたたみ式の釣り竿を持ち出してきてこれでいいでしょうと得意げに提案したのである。どうみても「高くしたい」という希望に、これ以上最適なアイデアはないと思われたからである。短くして運べ、幟を括り付ける場所も揃っている。しかしまりなは私のそのアイデアを決して受け入れなかった。裏山に生えている細くて高い竹でなければいけないと頑として譲らない。そんなものは車の中に入らないからと反対すると、

「ほらまたネガティブ野郎が始まった。中に入らなかったら屋根の上に括り付けて運ぶこともできるでしょう」

と無茶を言った。こうして、たちまち若い二人の助っ人の前で長い言い争いになった。二人は聞こえないふりをしながら手元の仕事に集中していたがどちらにも肩入れできず困ったなぁと緊張していることは明らかだった。せっかくの楽しい空間をこれ以上ぶち壊してはならなかったので私は仕方なく、納屋に行き、まりながいつの間にか、そのつもりで裏の竹林から切り出してあった3メートルほどの数本の細い竹の一つを、三等分に切って、たまたま納屋に置いてあった細い丸木の棒を切り口に突っ込み、竹の周囲をビニールテープで巻き固め、上下の竹をそこでつないで長い旗竿に戻せるものを作った。要するに昔の竹の釣り竿であったが、意外に簡単にしかも丈夫なものが出来上がった。

「こんなふうでどう？」部屋に持って行って出来たばかりの竿を見せるとまりなは、

「はいはい」

と意外にもあっさりとしかも機嫌よく私の工夫を受け入れてくれた。それが夫婦げんかのあっけない結末であった。若い二人の助っ人の表情がホッと緩み、準備の居間は再びわだかまりのない楽しい空間に戻ったことは言うまでもない。

これまでも、まりなが斬新だがやや無理筋な工夫などを思いついたとき、反対に回るのはいつも私であった。そんな折にまりなが私に投げつけるセリフが「またネガティブ野郎が始まった」であった。しかし長い二人の人生の中では、それは紛れもない事実だった。そのために私はまりなにどれだけ苦労をかけたか計り知れない。里山に移り住んでからいつしか使われ出したこの言葉には、私への苛立ちと同時に「もっと積極的になりなさい」という叱咤激励の意味も込められていた。しかし最近になるとこの旗竿の一件のようにその同じ言葉にも、時には「それなら何か工夫してよ……」と私への頼る気持ちも含まれるようになったのである。外からは見えないそうした微妙な変化に私は、互いのしっくりした老境の深まりを感じていた。

夜のうちに私が車の中に売り物のジャムを始めとして、すべてのものを運び込んでおいたから、翌朝は、簡単な朝食を済ませると直ぐに、私たちは、二台の車に分乗して半島の反対側にある海辺の会場に向かった。

フリーマーケットの会場には、すでに大勢の出品者が思い思いの車で集まり、くじ引きで当たった各自の区画の中に、自分たちの作品を運び込んでいるところであった。私たちもまりなの引き当てた場所に段ボール4箱に詰め込んだジャムや机、椅子、幟、パラソルなどを手分けして運び込んだ。

200件ほどのマーケットさえほんの一部にしてしまうほど広大な芝生が広がる海辺の会場は、キラキラと光る見渡す限りの太平洋からの心地よい潮風に包まれていた。

この広くてのんびりとした施設全体の名前も「道の駅　潮風王国」というものだった。中心となる大きな建物の中では、大きなイケスに生け獲られた海の魚たちが豪快に泳ぎまわり、その周りを漁港ならではの多様な魚の干物を売る店がぐるりと取り囲んでいた。

私は早速、芝生にパラソルと幟の為の金具を打ち込み、ジャムを置く机を広げた。ジャムに太陽が当たらないようにほどよくパラソルを立て、その横に「まりなさんの里山のジャム」と書かれた背の高い幟を人の目に留まることを確かめながら押し立てた。見上げると「里山……」の文字の上に斜めに小さく赤字で書かれた「まりなさんの」という文字がハタハタと風になびいていた。

私の差し当たりの任務は、休憩のための折りたたみ椅子を割り当てられた狭い区画の後ろに数個並べると全て終わりとなった。

女性陣は、早速広げたばかりの机の上に10種類の色とりどりのジャムを種類ごとに固めて並べ、その上に値札を立てたり、段ボールに入った予備のジャムを机の下に隠したり……と、一日の体制を整え始めた。

そんな間にもそぞろに歩き始めた気の早いお客さんが「まりなさんの里山のジャム……か」と風になびく幟に目をやり足を止めた。そして置かれたばかりのジャムに手を伸ばしてラベルをじっと読み込むと、いかにもあっさりと、

「これ一つ下さい」

と言って買ってくれた。

私たちは予想もしない速さで売れ始めたことに気を良くして、誰からともなく顔を寄せ合い、「第一号幸先いいね」とうきうきと頷き合った。

とりあえずの役目を終えてすることもなくなった私も、気の早い人々の流れに加わって他の

店の様子を見て回った。

　芝生の会場はすでにアート系の人々が広げたテントで埋め尽くされていた。思い思いに展示された手工芸品は、ペンダントやアクセサリー、木工製品、竹細工、焼き物、手作りの革製品、草木染めのスカーフ、はたまた、盆栽や鉢植、中には人が座っているだけの占いのテントもあった。更には、大きなハットを粋に被って、昔の日本人が使っていた大きな柱時計や巨大な将棋の駒などおよそ今の日本人が買うはずもないものばかりを沢山並べて、愛想良くウィンクまで送ってくる外国人のテントまであった。その無秩序ぶりは、さながら童話の世界のような楽しさに溢れている。

　どこからともなく聞こえる竹笛の音に振りかえるとテントの間に溢れ出した人々の頭越しに一際高く、

「まりなさんの里山のジャム」

がはためいているのが見えた。目を凝らすと、数人のお客さんが立ち止まっていて、赤いつば広の帽子を被ったまりなが両手で手振りを交えて話をしている。海外旅行に出かける成田空港で見送った際に買ってあげた紙製のその帽子がお気に入りで、このような外のイベントではいつも被っている。そのままじっと見入っていると、中の一人が提げたショルダーからサイフを引き出し、これを……というふうにジャムの一つを指差すのが見えた。亜由美さんとかなちゃんが、見事に連係して、お金とジャムが交換される。まりなはその間、背筋をぴんと伸ば

しニコニコと見ていた。説明の間忙しく動いていた両手はズボンの前のポケットに突っ込まれていた。私は足早に戻って、

「まりな、ポケットに手を入れてちゃまずいよ」

と注意すると、まりなもズボンのポケットに目をやり、「おっと」と自分の姿に驚いたように、すぐにポケットから手を出した。

「さっきのお客さんと長いこと話してるのを見てたんたけど結局買ってくれたね」

「そうなんですよ。皆さん里山のジャムっていうことにすごく興味を示されるんで、まりなさんがいろいろと説明すると、皆さんよく聞いてくれて、その後すっと買ってくれるんですよ……ね」

かなちゃんが半ば不思議そうに話して、最後は同意を求めるように年長の亜由美さんに話を振った。

「そう〜ですね〜」

亜由美さんは軽い笑顔で特に肯定するというのでもない独特ののんびりとした間合いで答えた。

二人とも感度の高い女性で、頭の良さは折り紙つきだった。しかし二人に共通するのはむしろその賢さであった。いつも自然体で、その時々の状況の筋道、人の気持ちを即座に理解し、要点をはずすことがない。本人たちは知らなくても、そうした知的で自然体の美しさは遠くか

ら見てもすぐに目を引くオーラとなって放たれていた。まりなにとって、これ以上ない強力な助っ人なのである。

「いくつくらい売れたの？」

「もう８個は売れましたよ」

私の問いにかなちゃんは即答した。

今はまだ始まったばかりだったからそれは思いがけない出足の良さと言えた。

カラフルに並んだジャムを前にして私たちは背筋を伸ばし気分も晴れやかに次のお客を待った。

「里山のジャム、いかがですか、どれもみんな里山で採れた材料で作ったものですよ。試食もできますよー」

まりなが流れる人の列に向かって叫んだ。商売っ気はないが、四六時中一緒に暮らしている私には、「里山の……」と言う時の彼女の声の響きには、

「私の気持ちに賛同する方は是非立ち寄ってください」

という切なる思いが伝わってくる。その思いさえ伝わればジャムが売れるのはそのあとでいい……。それが彼女の本当の気持ちなのだ。そんな夢見る少女のような気持ちでこのフリマに参加している人が何人いるのだろうか……。

「うちの梅を使いなさい」

あちこちで落ち梅を拾い集めるまりなの姿を見て、いたたまれなくなった村の隣人がある時、親切に申し出てくれた。

そんな隣人の申し出を受けて、まりなはいつもの野良着に短めの長靴を履き、手には私が時々かすめてきたスーパーの買い物カゴを二つ重ねて持ち、隣人所有の敷地へと向かった。カゴの中には畳み込んだ大きなビニールシートが二枚入っている。もちろん私も同じく長靴を履き、カゴ二つと長い竹2本に高枝バサミを持ってまりなに続く。私たちの向かう所は隣人の住居地ではなく山にある所有地である。私たちの家から下りてまっすぐに20メートルほど歩いたところにある三叉路を小川に沿って左に歩いていくのである。農業用のその小川の川幅が狭くなったあたりで、ひょいと山裾側へ川を飛び越えると、そこは数え切れないほどの水仙と雑草が深々と生い茂る土手となっている。その斜面に数本の目指す梅の木がある。私たちは草の合間から垣間見える黄色く色づいた梅の実を見つけると、そこから上を見上げて、梅の木を観察する。頃合いを見ていつでもとって良いと教えてくれただけあって、梅はほんのりと色づき、たわわと生っていた。

「よし、この辺にするか」

「そうね」

私たちはすぐに意見が一致して、一本の梅の木の下に生い茂る草の上に大きなビニールシートを広げた。私が曲がりくねった梅の枝に足をかけてよじ登り、長い高枝バサミをバタつかせると、梅の実はバタバタとビニールシートの上に落ち、そのまま転がって、低いところへと集まって止まった。これを何回も繰り返すとビニールシートは瞬く間に梅でいっぱいになった。

「これで充分だね」

「そうね。これだけあればいいね」

「それじゃカゴに入れるか」

二人して草の上に敷かれてふわふわしたビニールシートを踏み込み、次から次へと梅を拾う。表面に傷があってはジャムに使えないので、表面がつるりと綺麗なものだけを選んで一つ一つ丁寧にカゴの中に運ばなければならない。四つのカゴはすぐにいっぱいになり、いい香りはますます濃厚に辺りに漂う。それでもまりなは、ひとつぶでも無駄にしないようにと、シートの外に落ちた無傷の梅を拾い集めている。彼女はこういうものを無駄にすることをひどく嫌う。私が、

「もういいでしょう」

といくら言っても決してやめない。家の庭にそこらじゅうに生えている大葉でも、採った後で使い切れなくなって捨てると、「食べ物を大事にしない」とひどく機嫌を悪くして私を叱るのである。

私は諦めて、土手の少し下に生えている枇杷の老木にひっそりと色づいている枇杷を採りに

向かった。それは私の家の裏山に自然生えしているものとは次元の違う枇杷であった。実際、後で知ったことだが、少し前までは隣人が市場に特別な値段で出していた枇杷だったのである。

「あぁおいしい〜」

口で枇杷の皮をむきながらじゅるじゅると食べるぼってりとした果肉は、今の今まで木に生っていただけに、ほっぺと言わず身体の全てに染み込んでくるように、ジューシーで美味しかった。カゴ4杯の梅を横にして、深い草に腰を下ろした私たちの視線の先には、反対側の山裾の少し高くなったところに佇む我が家が新緑の裏山に包まれてただ一軒ポツンとみえている。

「なんて幸せなんだろうねぇ」

思わずつぶやく私に、まりなも枇杷を頬ばりながら深く頷く。

その晩、私たちの台所には大量の梅が所狭しと並び、居間は甘酸っぱい匂いでむせかえるようであった。まりなは食後の全ての時間を使って根気よくジャムに使えるうっすらと色づいた梅と梅サワーにする青い梅を選り分けていく。その丁寧な手付き、持続する集中力……それはまさに実験をする生物学者の姿そのものであった。

「里山のジャムいかがですか。どれもみな里山で採れた材料で作ったものですよー」

赤い帽子を被り相変わらず、ズボンの前のポケットに両手を突っ込んだまりなは、抑制した声の張り上げ方で、呼びかけ続けている。彼女もきっと私と収穫した時のあの自然に包まれた讐えようもなく幸せだった一つ一つの時間を思い出しながら叫んでいるに違いなかった。

「……あの自然のままの美味しさを私はジャムに閉じ込めたのです。だから味わってみてください。食べてみればわかりますから……」

この気持ちさえ判ってもらえれば、ズボンに手を突っ込んでいようがいまいが……そんなことは、まりなにとってはどうでも良いことなのだ。

その時、子供の手をひく若いお母さんが立ち止まった。

「どれか食べてみる？」

かなちゃんは前屈みになって、ジャムに見入る子供に向かって言った。

「これ」

子供はすぐに小さな指を突き出して紫色の瓶を指差した。かなちゃんは早速、試食用の「桑の実ジャム」をひとかき小さなプラスチックのスプーンに載せて子供に渡した。

「おいしい」

口に入れるなり子供は目を輝かせながら母親を見上げて言った。

「お母さんもどうぞ」

かなちゃんは横で見ている母親にここぞとばかりに試食を勧める。

「あら、本当においしいわー」

小さなサジの一口を口にした母親も驚いたように目を丸くしている。

「それじゃこれ二つ頂くわ」

お母さんに迷いはなかった。

「小さい子は正直ですねぇ」

歩き去る二人を見ながらかなちゃんはつぶやくように言った。

「防腐剤漬けの子供には自然のものかどうかすぐに分かるのよ」

「ほんとにそうですね〜」

いつも前に出ず控え目に振る舞う亜由美さんもまりなの誇らしげな言葉にゆっくりと相槌を打った。

開場から時間が経って、そぞろに歩く人々の顔や服装には既に見覚えがあるといった人が目に付くようになってきた。実際、海に面して広いゆったりとした会場で開かれているこのフリマには、日頃時間を持て余している老人や、雰囲気を楽しむ恋人同士や、あるいは、子供の手を引く家族連れなど、今日一日をここで楽しむと決めている人が多いのだ。それは街中の公園などでのフリマでは見られない、ここだけの長閑な光景なのである。

販売には立てない私も、お昼も近くなったので、ふらりと食べ物を求めて人の流れに入って行った。手作りのパン屋さんの前には、すでに長い行列が出来ていた。そのテントの中では、昔絵本で見たような可愛い帽子を被りオランダ風のふっくらとした服をまとったおばさんが、二人の助手と共に忙しくパンを売りさばいている。

「これが噂の……」

こんな情報には疎い私でも耳にしたことのある評判のパン屋さんで、「里山のジャム」とは次元の違う売れ行きだった。

さらにどこからともなく漂ってくる良い匂いの方に惹かれて歩いていくと、テント群から少し離れるようにして構えるお店から、盛んに煙が流れているのが見えた。人もそれほど溜まってもいないので近づいてみると、大きなドラム缶を半分にしたような窯に真っ赤に燃える炭火がくべられ、網の上ではひと塊の肉が荒々しく焼かれているところだった。広い会場の端だけに、心地よい海風が肉の焼ける煙をあたりに勢い良く運んでいる。私は迷うことなく、一皿５００円の焼肉弁当を買い、会場から離れて広く広がる芝生に腰を下ろし、一人広い海を眺めながら熱々の焼肉弁当を満喫した。思いがけず美味しい弁当だった。

「ハイ、お昼ご飯」

「わーおいしそう。いい匂い」

同じ焼肉弁当を三人分買ってみんなの前に差し出すと女性陣は目を輝かせて喜んだ。三人は早速、奥の椅子に移動して、それぞれ持参のポットで喉を潤し、弁当を広げた。暫し任務から解放された皆の顔には好調な売れ行きに気を良くした心地よい疲労感が漂い、弁当は尽きないお喋りの間でユックリと食べられていった。その間、私はジャムの広げられたテーブルの前に立って売り子を務めた。幸い昼時だから客足は少ない。並べられたジャムを身近に眺めている

と、10種類というジャムに注がれたまりなの途方もない情熱が湧き上がるように伝わってくる。瓶に貼られた、

「まりなさんの……ジャム」

と自分でデザインしたラベルは、ネットからそれぞれの材料の美しい写真を見つけてきては「これどう?」と一つ一つ私に同意を求めて作ったものである。私が少しでも異論を唱えると「センスのない人には判らないのね」と負け惜しみを言いながらも、また根気よく代わりのものを探してくる。そんな彼女の少女のような情熱は高校生の頃から変わらないものではあるが70を過ぎた今、その背中には私だけが知る30年に及ぶ屈辱の時間が背負われているのであった。

30歳になって関西の大学に赴任して間もなく、その事件は起きた。各研究室には、毎年4年生になるとそれぞれの希望によって、一年間の研究を共にする学生が配属されてくる。まりなが初めて担当することになった女子学生は足に障害があった。やがて就職探しの時期になり、まりなはその学生に障害を研究する機関への就職を持ちかけた。たまたま若いまりなに数少ない有力な就職の手づるがそこにあったからでもあるが、障害のある彼女にとってそれはまたとない良い話ではないかと思慮したからでもあった。当の女子学生はその話を聞いた時、ぱっと顔を明るくして「宜しくお願いします」と頭を下げたのだという。

「彼女凄く喜んでくれたよ」

「あぁそれはよかったね」

障害を持つ彼女にこの話をするについては、前々から相談を受けていた私は、十分慎重を要するとはいえ、基本的にはとても良い話ではないかと賛成していたのだった。それだけに、私にも晴れ晴れと嬉しい成り行きだったのである。

ところが一週間後、同じ研究室の大学院生で博士課程の女子学生が、指導教官が障害者差別をしたと騒ぎ出したのである。どこでどうなったのか、当の本人もそれに同調していた。事実は明白で全くの誤解だと思っていた私たちは、よく話し合えば行き違いはすぐに解決するものと思っていた。しかし大学紛争の火ダネがいまだ消え去っていなかった大学には「学生の言い分を聞くのが正義」という雰囲気が強く残っていた。ビラが撒かれ曲解された事実が一人歩きを始め、あっという間に学部を巻き込む大騒動に発展した。それからは、手を替え品を替え様々の教員から、当該学生に謝るのが得策との説得が来るようになった。

同じ大学に附置されていた研究所で居候の身分で素粒子論を研究していた私にも、

「奥さんをその線で説得してほしい」

との使者が何人もやってきた。中には本気で私たちの今後を心配して、

「まりなさんがあんなことを言ったと信じている人なんかいないんだから、ここは早く穏便に収めたほうがいい」

と忠告してくれる人もいた。しかし、学生の糾弾と言えば結局は謝ってしまう全国に数え切

れないほどある大学紛争と同列にされてはたまらない……と思っていた私たちには謝るという選択肢は端からなかった。

そうした説得をすべて断っているうちに、大学敷地内の凡ゆる場所で、私たちは次第に冷たい視線を感じるようになった。それでも、そうした孤立を恐れなかった私たちは、むしろ、

「きちんと考えて生きるとはどういうことか今こそみせてやるぞ」

との意気込む思いが日増しに強くなっていった。ところが今や本来の研究室の学生は霞んでしまい、誰とも判らない集団になった「差別糾弾委員会」を名乗る者たちが私たちの行くところ行くところに現れて、「差別反対」とシュプレヒコールを浴びせてくるようになった。そしてそれはついに住んでいる団地のドアにまでやって来て繰り返されるまでになった。私たちはここまでするのなら、もはや人権委員会に訴えるしかないと考え始めたのである。

「Tさんに相談してみるか……」

Tさんは大学の近くの飲み屋で知り合いになった法学部の大物教授だった。

「これは君たち二人が分裂しない限り勝てますよ」

研究室に訪ねた教授はいともあっさりとまりなの言動には、法的にも教員としても、危惧される点は何もないことを保証してくれた。

教授の言葉を胸に私たちは毎日の状況に立ち向かっていったが、平気そうに見えていたまりなに異変が起きた。夜寝汗をかき、うなされるようになったのである。

「今日は大学行くのやめて動物園にでも行こうか」

「そうだね。それいいねぇ」

ある朝、ふと湧いた私の思いつきに、まりなもぱっと明るい笑顔で応じた。

私たちはウィークデイの真っ只中に、Ｔ動物園に向かった。５月の平日、動物園は新緑に包まれ人影はまばらだった。そんな中をこれという目標もなく、のんびりと歩いていると、視線の先に、大きな柵にもたれた大勢の人が何かを見下ろしているのが見えてきた。近づいて見ると、見下ろす広い囲いの中央で子供のオランウータンが若い男の飼育員とくんずほぐれつしきりに戯れている。私たちも自然とほころぶ笑顔でその光景に見入った。子供のオランウータンは飼育員の手を柔らかく噛んだり、長い手や足を絡ませて、飼育員にぶら下がったりして休むことなく遊んでいる。私たちはただひたすらそのあどけない動きを見続けていた。

どれくらい時間が経っただろうか。私はふと我に返り、並んで見ているまりなを見た。彼女も屈託のない笑顔で見入っている。

「そう言えばこの頃こんな笑顔を見ることはなかったなぁ」

いつの間にか私の心から重い縛りが消え失せ、気持ちの良い温泉を浴びた後のような開放感が湧き上がってきた。それは後から思っても不思議な瞬間だった。

「行こうか？」

「うん」

まりなも晴れやかな表情で応じた。

それから10日程が過ぎた。大学の中の情勢は日に日に悪化し遂に、学部の教員が皆でサポートするからとまりなに確約した上での学部糾弾集会が開かれることになった。

当時私と同様にいろいろな資格で研究所に席を置いていた若い素粒子論の研究者や、学部研究室の大学院生でありながら私たちとの研究討論に入り浸って居た若者たちが、皆揃ってまりなを応援してくれていた。彼らは申し合わせたように他大学の出身で、かつての大学紛争の猛者たちであったから、ことの如何にかかわらず、穏便に事を収めようとする学部の体質には、身に覚えあり……と血が騒ぐ連中ばかりであった。彼らの後押しもあって、まりなは糾弾集会に出ることを承諾したのだった。集会には勿論彼らも出た。しかし私自身は夫ということで、出席を許されなかった。集会は午後1時から始まった。待つ身となった私は学部の学舎の出口の辺りを行ったり来たりしながらひたすら待ち続けた。長くても5時くらいには終わると踏んでいた予想は見事に外れ、待っても待っても終わらなかった。8時が過ぎ、9時を回り、それでもまりなは出てこない。もう10時になるぞ……、ひとり焦りながら時間を確かめながら、ふと目を上げると、廊下の端からいつもの小さな四角い籠カバンを手にしたフレアスカートのまりながひとりで現れた。その顔は血の気が失せ鉛色に固まり、まるでデスマスクのようであった。私は足が震えた。

「長かったねー」

それ以上何も言えず、私は目の前に辿り着いたまりなの肩を抱きかかえた。

「へ〜、終わったよう」

「うん」

短い会話を交わしながら、そのまま抱きかかえるようにして歩き始めた私は、こんな顔になるまでひとりで闘わせてしまった申し訳なさで胸がきりきりと痛んだ。

「どうする？　みんなのところに行く？」

「……」

彼女は、もう今日は勘弁してというふうに無言で首を振った。

それではと私たちはそのまま駅に向かった。

「お腹すいた〜」

「あっそうだ」

私はまりなの訴えに立ち止まり、鞄と一緒に手にした袋から菓子パンの入った紙袋を取り出して渡した。５時を過ぎても出てこない状況に、私は近くの店に走り、まりなの好きな菓子パンやチョコレート、牛乳などを買い求めておいたのだった。どす黒く粘土のような皮膚で固まってしまった顔を見た瞬間から、そんなことはすっかり忘れてしまっていた。

「あなたのところの人たちが助けてくれたよ」

糾弾から引き上げてくる人を避けて、私たちは少し遠回りだが、暗い私鉄の駅へと向かっていた。道すがらパンをかじり、牛乳を飲みながら話すまりなの声に、漸くいつもの張りのあるハスキーな声が戻ってきていた。

「あいつらが？　何て言って助けてくれたの？」

「発言はしないけど、私が答えに詰まっていると、答える必要なしと手をぐるぐるまわしてサインをくれたり、学生側を野次ったりして助けてくれたの」

「教員連中は？」

「座っているだけ」

「えっ、何も言わずに？」

「初めから最後まで、ひとつことも」

「それじゃ9時間もの間、まりな一人で……」

サポートするから……とあれほど言っていたのに。私は怒りで胸が張り裂けそうだった。

「それで最後までよく頑張れたね？」

「私は事実を繰り返して言ってればいいだけだったから。それに……命までは取りに来ないからね」

糾弾会場から出て来た時の表情にショックを受けていた私には、いつもの豪胆な決めセリフを口にするまりなが不憫でならなかった。糾弾集会で教授たちが手もなく学生に頭を下げる光景はこの数年、何度となく目にしてきた事だし、学生動乱の時代を生きてきた世代にとって、糾弾とは謝るまで終わらないものと分かっていた。それは受けた者にしかわからない過酷なものであるに違いなかった。それでもまりなは私を心配させないように強がっている。そんな身の縮む思いに囚われている私にまりなは次の瞬間、意外なことを言って笑ったのである。

「オランウータン、オランウータン。私にはオランウータンが付いてたよ」

糾弾集会でまりなの謝罪の言葉を引き出せなかった学生側は、再び勢いを取り戻すことはできず、理不尽な追及も次第に周囲の支持を失い、さしもの騒動も一片の学部長声明でけりがつけられた。こうして、まりなの敗北は避けられたが、勝利でもなかった。一人で「信念を守り通した」代償は大きかったのである。

着任のその日から教授を「さん付け」でしか呼ばなかったまりなは、教授ヒエラルキーの下で生きることを当然としていた大学の男たちに強烈な違和感を引き起こしていた。そんな中で紛争が起き、あまつさえ持ちかけられた穏便な手打ちを悉く拒否したのだから火に油である。男たちは深く考えることもなく、

「助手の分際で。けしからん奴だ」

と錦の御旗を手にしたような気になっていったのである。廊下ですれ違っても挨拶もされない日々が始まった。学科はもちろん研究室の中でも孤立を深めたまりなは、研究室を出て教養学科の実験助手の部屋に居場所を見つけて毎日そこで研究を続けざるを得なくなった。実験助手の若い気の良い女性が、孤立するまりなに手を差し伸べてくれた結果であった。

「里山のジャム、いかがですか～。どれもみんな里山で採れた材料で作ったものですよ～」

まりなは食事を終えて、さぁ～これからひと頑張りといった生気を取り戻して、流れる人の波に向かって一段と声を張り上げていた。

助っ人の二人はまりなから勧められて午後のフリマの賑わいを見物に出かけて姿が見えなかった。

「どう、売れ行きの方は？」

「凄いよ。もう50は行ったかもね」

「えっ、それは凄いやんか」

「それにジェノバペーストもあと一つだよ。男の人たちが迷わず買って行くね」

まりなは我が事のように嬉しそうに教えてくれた。私の作った「まりなさんのジェノバペースト」は他のジャムの3倍の値段に設定されている。実費から計算するとどうしてもそんな高い値段になる。それでも6個の中の5個も売れたと言うのだ。スーパーで買い求めたトマトで作った私作のトマトジャムはどんなに人気があっても小首を傾げて良い顔をしてくれないまりなのだが、「ジェノバペースト」はすべて私が育てたバジルから作っているから「里山のジャム」としてまりな公認なのである。私もまりなの拘りに貢献できて少し肩身の広い思いになった。

その時、隣で自作の有機野菜を売っている若い夫婦の旦那さんがやって来た。

「よく売れてますね」

私は時々観察してきた隣の活況に愛想を言った。

「お陰様でぇ」

テントで声を張り上げている姿からは想像もしなかったシャイで理知的な風貌の若旦那だった。

「これ残りもので申し訳ないんだけど少しですが……」

「あっそれはどうも」

私もまりなもフリマでのそうしたやり取りにまだ慣れていなかった。差し出されたいろいろな野菜が包まれた紙包みを受け取りながら、私は、こちらも何かないかと慌てていると、

「私もこれ一つ頂けますか？」

と思いがけなくも指差す先はたった一つだけになったジェノバペーストであった。

「朝からずっと横目で見ていたんです。僕は去年もこれを食べて本当に美味しかったんで、今年も是非にと思ってたんですよ。残り少なくなったみたいなんで焦ってました」と言ってほっと笑顔を浮かべた。

「それはそれは。今年はお隣さん同士になったんですね。すごいご縁ですね。これだけは僕が作ったものなんですよ」

私も嬉しさに思わず内輪話を明かしながら手渡すと、

「そうなんですね。バジルの緑がこんなに濃いのってなかなかないですよねー」

余程このペーストに通じているらしく受け取った瓶を顔に近づけてまじまじと観察しながら感心してくれる。

「バジルの葉は摘んでから洗うとすぐに黒ずんできますからね」

私もますます得意になって講釈を始めてしまった。

「それを防ぐには木のままの状態でジョーロで水掛けして洗うんです。そうすると生きたまま直ぐに乾くので黒くならないんですよ。摘んでしまった葉っぱを一つ一つ隙間を開けてぶら下げて乾かすなんて考えたら気が遠くなりますけど、生きた木はそれをさらりとやってのけるわけですから、ほんと、生きているって凄いことですよね」

感心した面持ちの若旦那に私はさらに自慢を続ける。

「それでね。他の必要な用意を全部しておいて、あとはバジルの葉だけというところでその葉っぱを摘んでそれを他の材料と一緒に一気にミキサーで混ぜるんです。そうすると空気に触れる暇なくバジルは真緑のままペーストになってくれるんです」

「それは素晴らしい工夫ですね。そんなやり方されるからあんなに緑で美味しいんですね」

私は気を良くしながら、カゴに入れて別枠で展示している「生姜糖」と比較的売れ残り気味のジャムを一つとって、

「どうぞ、この生姜糖はお酒とも合いますからね。それとこのジャムは西部劇のカラミティ・

ジェーンみたいなカッコいい奥さんにお持ちください」

と差し出した。古臭い譬えが通じなかったのか若い旦那さんは一瞬戸惑いをみせたが、やがて褒め言葉と理解したらしく嬉しそうに相好を崩し、

「有難うございます……カラミティ・ジェーンですね。是非そう伝えておきます、それでは……」

と素直に頭を下げて受け取り、いそいそと自分たちのテントへと戻っていった。

この間まりなはニコニコと脇から見ているだけであった。何しろ何度注意しても、直ぐに両手をズボンのポケットに入れたまま売り子をしてしまう人なのだ。こうしたとっさの愛想のやりとりはいつも私の役目と決まっている。まりなも自分にはそうした才能は無いと認めて私に任せっきりである。

「生姜糖もよく売れたんだね」

また二人になって私はテントの外を眺めながらまりなに話しかけた。

「そう、試食した人は結構買ってくれるからね」

「ありそうでない味だもんね、これ」

私も試食用に開かれた袋から生姜糖を摘みとって口に放り込んでいた。生姜と砂糖が程よい硬さに固まっていて、噛み砕くとすっと生姜独特の味と風味が口中に広がる。

「二人はどこをほっつき歩いているのかな？」

「そうねぇ、私も少し見てくるかな」

「あぁいいよ、行っといで。あっちの方にね、でかくて愛想の悪いイタリア人のカバン屋さんがあってさ、目の前で作るところ見せてるから、見ておいでよ。ゴッツイ革でざっくりとしたショルダーカバンが沢山吊るされていてさ、愛想の悪い割にはすごい勢いで売れてるから」

「そう、じゃ見て来るかな。だけど……あなた、一人で大丈夫かぁ？」

まりなは急に不安になったのか、疑わしそうな視線を投げた。

「今の時間は客足も少ないからなんとかなるよ。その内強力助っ人も戻ってくるでしょうし」

「そうだね。よし、それじゃお願いね……」

まりなは解放感を漂わせて人の流れに入っていった。私は愛用の小さなショルダーを提げて人並みに消えていくまりなの後ろ姿を追いながら、初めてショルダーというものを買ったローマでの遠い記憶を昨日の事のように思い出していた。


初めて職についた関西の大学での日々は惨憺たる出だしとなったが、まりなは決してめげてはいなかった。とにかく彼女は余程のことがあってもめげるということがなく、

「命までは取りに来ないさ」

と最後はこのひと言で持ち堪えるのである。大学の教養学部の実験室に島流し状態になっている間も、そのポジティブ思考は変わらず、イタリアはナポリの臨海実験所で一年間の研究員

をするという機会を探しあてたのである。しかしその時はまだその地ナポリが、国際結婚の学者両親のもと日本人らしからぬ素養を身につけたまりなを、あるがままに受け入れてくれる天国のような場所であることなど知る由もなかった。実際その地には「虐められているのならこっちにおいでよ」と手招きしていたのでは……と思える程、この大学での日々とは真逆の幸せが待っていたのである。

イタリアに着きローマのホテルで初めての一夜を過ごした翌日のことであった。その日がたまたま日曜日で、礼拝に法王さんがお出ましになるというので、心を躍らせてバチカンに向かったのである。広場に入るといきなり圧倒されたのは、広場を取り囲む巨大な建物とその屋上から見下ろす数え切れないほどの銅像であった。どれもいずれ名も高き人物であるに違いない。どうしてこんな凄い光景をあらかじめ教えてくれる人がいなかったのか……。よく見れば旅行書の写真にも写ってはいるが、そこでも広場のことばかりが説明されていて、こんな凄い銅像群のことは一行も書かれていない。

出会い頭に異世界の洗礼に飲み込まれた私たちは、建物内部に足を踏み入れて更に凄まじい一撃を食らう。ピエタの像、更に中へと進めば威圧的な広く高い空間、これでもかこれでもかと並べられた圧倒的な絵画群。一昨日までいた日本とはあまりにもかけ離れたものばかり。足がすくみ、ただ呆然とするばかりである。しかし少しずつ建物内部の暗さと巨大さに慣れてく

ると、

「まてまて、自分たちにも奈良や京都があるじゃないか」

と多少の余裕も出てきて、ようやく気分も落ち着き、異文化が作り上げた造形美の数々に見入ったのであった。

「えっなにこれ、凄い人だよ」

暗い空間の中の異世界体験でクラクラする頭をなんとか持ちこたえて、建物から出てきた時だった。目に飛び込んできたのは、白く眩しい広場を埋め尽くしたものすごい人の波。肩車の幼児、あちこちの柱によじ登った若者。そしてよく見ると人々は皆一点を見上げている。視線の先を追うと絨毯のようなものがぶら下げられた窓があり、そこだけが穴が開いたように暗い。窓が開けられて光の反射がないのだ。

「あっあそこに法王さんが出てくるんだ」

状況はすぐに飲み込めた。私たちも足を早めてしかるべき場所を確保して待つうちに、果たしてそこに、ニュースでよく見かけるあの法王さんが現れた。賑やかだった広場にはたちまち歓声と拍手が沸き起こりすぐにまた一つになったように静まり返った。ポープさんのか細い声が流れ始めたのだ。見るとまりなも一心に見つめている。その時、私はふと不思議な気分に襲われた。まりなが周囲のイタリア人に溶け込んで、いかにもそこに日本人が居るという違和感がないのだ。日本から来たばかりだから、日本製のフレアスカートにコートを羽織ったいつものまりなのだが、この広場で多勢の観光客やイタリア人の中に交じって佇む姿は、私の目から見ても周囲の人たちとあまり違わなく見える。西洋人くさい日本人だったまりなが、いつの間にか日本人くさいイタリア人に早変わりしている。

「ハーフって便利だなぁ」

これまで無意識に感じてきたまりなの文化的混合性をこの時ほど羨ましく感じたことはなかった。

さほど長くもない礼拝が終わると潮が引くように動き始めた人々に交じって、私たちもそぞろに出口へと歩き始めた。……とその時だった。

「ジャッポネーゼ、ジャッポネーゼ」

とイタリア語で呼ばれ振り返ると、背の高い一人のヒゲの青年が肩からかけた私のカメラを指差しながら、

「フォトグラフィーア、フォトグラフィーア」

と呼びかけている。どうやら写真を撮ってくれと頼まれているようだと察した私は「いいよ」というつもりで、

「シイシイ」

と生まれて初めてのイタリア人との会話にイタリア言葉で答えた。するとそれが通じたらしく、青年は一緒にいた周りの仲間に何か大声で叫ぶと彼等が一斉に私に向かって整列したのだ。

それは一瞬のことだった。三、四人かと思っていた私はあまりの人数にビックリしながらカメラを構えたが、なんと逆光である。

「ソーレ、ソーレ」

と太陽を指差すとその30人ほどの全員があっという間に逆向きに整列し直したのである。私は片言が通じたことも忘れて、呆気にとられながら、小走りに場所を移りカメラを構えなおした。合図を送りながら角度を変えて2枚の写真を撮った。するとまた声をかけてきた青年が近づいてきて、手で書く仕草をしながら、

「インディリッツォ、インディリッツォ」

と話しかけてきた。私は提げたショルダーからボールペンとカードを出して渡すと、「なんとかかんとかナポリ」と書かれている。私はビックリして、

「ナポリの近くらしいよ」

と成り行きを、遠巻きに見ていたまりなに伝えるとまりなは早速、流暢な英語で、

「あなた方はナポリの近くに住んでいるのか？」

と聞いてくれた。すると今度は青年が困惑した表情で、

「ノンカピスコ」

と首を振った。英語は全く通じないのだ。仕方なく、

「私たちはこれからナポリに一年間住むことになっていて、これからナポリに向かうのだ」

と私は暗記している限りの文章をつなぎ合わせて、過去も未来もない滅茶苦茶なイタリア語で説明すると、これがまた奇跡的に通じたらしくニッコリした青年は皆に大声で何か叫んだ。するると皆が歓声をあげて私たちを取り囲み口々に、

「イル　ノーメ？　イルノーメ？」

と迫ってきた。

「マリーナ　エ　トール」

まりなが落ち着いて横から答えると皆一様に、

「マリーナ……」

と驚いたように繰り返し、中の一人は、

「……イタリアーナ　スア　モーリエ？」

と更に顔を真近に私に迫ってきた。どうやら「あなたの奥さんはイタリア系か」と聞いているらしい。

「ノーノー。ジャッポネーゼ、ジャッポネーゼ」

私は手と首を振って強く否定しながら、まりなはイタリア人にもイタリア人臭く見えるのかしら……といよいよハーフのまりなを羨ましく思ったのだった。

こんなハプニングを経てようよう辿り着いたナポリの三階建ての石造りの家は素晴らしいポジションにあった。ナポリ湾を一望する高台にあり2階にある私たちの部屋の窓からは遠く青

い海に霞むカプリ島が見え、湾の左端にはあの有名なポンペイ遺跡を生んだ名高いベスビオ火山のフタコブの山並みがくっきりと見えるのであった。

窓の下には1階の住人の庭に名も知らぬ季節の花が咲き乱れ、あちこちに見える高台を構成する広くて高い石垣にはブーゲンビリアのピンクが一面に美しく張り付いていた。

「こんな素晴らしい景色を見ながら暮らすことになるんだね」

言葉だけで憧れていたあの「地中海性気候」が今自分たちを包み込んでいる。昨日からのあまりに楽しい良いことづくめの出だしに私たちの気分は羽でも生えて飛び上がりそうにうきうきしていた。

私たちはこうして、ついこの間まで身体深く張り付いていた日本の日常をあっという間に忘れ、たどたどしい言葉と開けっぴろげな人々への強い好奇心だけを頼りに、「ナポリを見て死ね」とまで言われた街の人々の暮らしの中へと引き込まれて行くこととなった。

街にはキスと思いがけなさが溢れていた。別れ際の人々は至る所でハグしてキスを交わす。5人いればそこから2人を選び出すだけの組み合わせのキスが交わされる。デート中の恋人同士は友達の3人で歩いていてもキスをする。友達も別にそれを気にするふうもない。私も家の門番のヒゲのおじいさんから、「ボナセーラ、ジャッポネーゼ」と機嫌よく抱きつかれホッペにキスをされた。そして「今度はテデスコ抜きでカーサビアンカをやっつけよう」と訳の分からないことを言って手振りを交えて「ボーン」と言いながら笑った。後で調べたらテデスコとは「ドイツ人」で「カーサビアンカ」は「白い家」つまりは「ホワイトハウス」でアメリカのことだった。この時のヒゲのモジャモジャの感触は今でも忘れられない。

キスは銀行の中にも入り込む。初めてお金を引き出しに行った時だった。片手で書類にタイプを打つ行員の能率は悪く長い行列が出来ていた。

「アントーニオ」

突然他の行員が大きな声でタイプの男に声をかけ、ウインクとともに入り口の方に顎をしゃくった。見るとそこにはジャラジャラと何本ものネックレスで着飾った妖艶なシニョーラがハンドバッグを抱えて立っていた。タイプ男は打ちかけのタイプを打ち捨てて女に駆け寄るや熱い抱擁とキスをして、何やら言葉を交わしている。どうやら奥さんらしい。この間、客は文句も言わず黙々と彼の戻りを待っているのだ。並ぶこと40分漸く私たちの番がやってきた。そしてまりなの差し出した書類を見るやタイプ男は大げさに目を丸くして、

「マリーナ？　ジャッポネーゼ？」

「シー」まりなが答えると彼はまたしても立ち上がり、

「皆さんここにマリーナって名の日本人がいるよ」

と並んでいる客たちに叫んだ。するとすぐ横にいたオバアさんがビックリしたように、

「あなた、イタリアの方じゃないの？　マリーナってイタリア人の名前よ」

と言いながらまりなを大きくハグして「ナポリにようこそ」とホッペにキスをしてくれた。

全てがこんな調子だから、以後銀行に行く時はいつも半日を覚悟して行くことになった。

銀行の中でさえこんなことがあるのだから街の中にはもっと奇妙なことが溢れていた。街には乞食のような人もたくさん歩いている。そんな一人に「ジャッポネーゼ」と呼び止められ、「これを買ってくれ」と汚いタツノオトシゴを差し出されたことがあった。あまりに懇願されるので仕方なく言い値の５００リラ硬貨を渡してそのタツノオトシゴを受け取ろうとすると、乞食は持つ手を高く伸ばして、

「こんなどうでもいいものいらないだろう」と言ってさっさと雑踏に消えてしまった。別の日にまりなのいる実験所の２階からすぐ下の海辺の公園をぼんやり眺めている時だった。噴水の囲いに座って一組の恋人たちがキスを交わしていた。見るともなく見ていると一人の乞食が近寄ってきて、横から娘の髪を撫で始めた。恋人の男は怒るでもなくその乞食老人と言葉を交わしている。その内老人はポケットから何かを取り出してしきりにせがむような格好をしている。「あっ」と声をあげそうになった。手にしているものはまさしくあの薄汚いタツノオトシゴだ。乞食の生き様にも驚いたが髪を撫でられても怒らない恋人たちにはもっと驚いた。感銘さえ覚えたものだ。

毎日実験所に通うまりなとは違って一週間に2回だけナポリ大学付属の理論物理研究所のコロキュームに出るだけの私は一人で街をぶらつく時間が沢山あった。私はある時、若い娘に、「ジャッポネーゼ、アベーテ、アッチェンディーノ？」

と呼び止められた。その頃はまだタバコを吸っていた私は、「シー」と答えてライターを取り出し、素早くくわえた口のタバコに火をつけるべく手を伸ばした。するとその手は火がつくまで、ぎゅっと両手で強く握りしめられる仕儀となった。

「グラーツェ」

娘はニッコリと笑って満足そうに立ち去っていった。しかもそんなことをする娘は一人や二人ではないこともすぐに知ることとなった。

同じタバコではこんなこともあった。街を歩いていると至る所でむき出しの木箱に腰掛けて「アメリカン」とアメリカタバコを売っている女に出会う。私も店で買うより楽なのでよくそうした形でタバコを買った。ある時、

「アメリカン、ウーノ」といつものように５００リラのコインを出してアメリカン一つを受け取ろうとした時のこと。

「ジャッポネーゼ？」

「シー」

「アスペッタ」と女は手で制して、

「あんたのはここにあるから」

と見事な胸の谷間を突き出した。

私は一瞬躊躇したが胸に一つだけ挟まったアメリカンをそっと摘むようにして取り出した。

女はニッコリと妖艶な笑顔を浮かべて「チャオ」と手を振った。アメリカンのケースがほんのり温かかったことは言うまでもない。

そんな経験をしてからのある日のこと。まりなと夕暮れの海岸を散歩をしていた。海岸沿いの堤防に沿って車が数台列をなして止まっているところに差し掛かった。中を見るとどの車にも後部座席がない。不思議なこともあるねと言いながら、足を止めてついでに堤防に寄りかかり海を眺めた。遠望すると沖合に大きな船が一隻停泊しているのが見えた。眼下に目を落とすと小学生と思しき子供たちが数人狭い砂浜で戯れている。堤防をよく見ると大勢の人が途切れなく長く列をなして寄りかかっていて、何かを待っている風情であった。

「何だろう……」

私たちもすぐに仲間になってあっちこっちに好奇の視線を巡らした。

「あれだー」

まりながいち早く指差す彼方を見ると、いつの間にか、波頭を飛ぶようにして数隻のモーターボートが疾走している。明らかに皆沖合の大型船に向かっている。その姿が目を凝らしても見えない程小さくなってそこに吸い込まれていったかと思う間も無く、モーターボートは以前にも増す激しい波飛沫をあげながら三々五々と再び姿を現し始めた。しかもその船先は全て一直線に堤防の我々の方向に向いている。まりなと私はますます好奇心に駆られ、近づいて来る船に何が積まれているのか……見極めないでは立ち去れないとばかりに息を殺して成り行きを見守った。待つほどに最初のモーターボートが唸りを上げて近づきあっと思う間も無く鮮やかに浜に横ざまになった。その瞬間、今の今まで浜辺で遊んでいて私たちの関心の外にあった子供たちが一斉にボートに駆け寄り、一列になって中の男たちが手渡し始めた箱を手際よく受け取り、一人また一人とこちらへと階段を駆け上がって来るではないか。

「いったいどこへ？」

と目で追うと、さっきから止められていた椅子のない車のバックドアがいつの間にか全て開けられ、子供たちはかついだ箱を手際よくその中へと積み込んでいく。運転席にはこれまたいつの間にか男たちが座っていて指示を出している。20分も経っただろうか。気がつくと子供たちもモーターボートもまた堤防の観客たちも、あっという間にどこへともなく遠ざかってしまい、あたりは何事もなかったかのように波の音だけが聞こえる夕闇に包まれていた。そして……。翌日のナポリの街では至る所で胸もあらわな女たちが、

「アメリカン、アメリカン」

と箱に座りタバコを吸いながら叫んでいるのが目撃された。私は「ほのかに温かかったアメリカン」を思い出しながら日本とは天と地ほど違うこの地の不思議な生命力に魅入られる思いだった。

まりなは日増しにイタリア語が上手になり、首に下がる飾り物もジャラジャラと増え、街を歩く女たちに引けを取らないナポリのシニョーラに変貌し始めていた。臨海実験所のモンロイ

所長も、まりなの父君、団勝麿のアメリカでの同期生で、彼女の話しながらの指使いを見て、「K・D（アメリカでの父親の愛称）とそっくりだ」と懐かしがり、何かと気をかけてくれる。まりなも毎日の実験を巡る研究員との英語での討論を中身が濃くて有益だと喜び、日本での議論相手もいない孤立した日々とは比べようもない充実した研究生活を満喫している様子だった。しかしイタリア人の実験所の仲間たちはそれが不満らしく、皆私の顔を見るたびに、

「マリーナとカプリには行ったのか、イスキヤは行ったのか」

「ポジターノは楽しいとこだから是非見ておいで」

とまりなに実験ばかりさせているのはお前だろうと言わんばかりに煽ってきた。そんなふうなので私たちも気兼ねなく休みごとに勧められる観光地へと足を延ばすようになった。

そんなある日、私が一人でアパートに居ると、「ピーンポーン」と呼び鈴が鳴った。戸を開けると2人の青年がニコニコとして、

「ボンジョールノ」

と挨拶を送ってきた。見覚えはあるのだがとっさには誰だか思い出せない。こちらも、

「ボンジョールノ」

と狼狽えた顔のまま挨拶を返すと1人がすかさず手にしたものをさっと前に突き出して見せた。

「あっ、あの時の……」

私は思わず日本語で叫んだ。紛れもなくそれは私が送ったあの写真……あのイタリアでの初日のバチカンでのハプニングの写真だった。私はナポリに着いて直ぐにフィルムを写真屋に出したのだが、思いの外良い出来だったので、写っている28人分をL版で注文し、バチカンで教えられた住所に送ってあったのだ。そしてナポリの日々に魅了され３カ月程を夢中で過ごしているうちに、そのことをすっかり忘れてしまっていた。たどたどしいイタリア語と身振り手振りで話を交わしたところによれば、彼等はナポリ大学の学生で「ロッカロマーナ」というナポリに近い田舎から出てきている。ついては次の日曜日に自分たちの郷里であるそのロッカロマーナに私たちを車で連れて行きたいのだが都合は良いか……ということであった。二人が帰った晩、私はまりなに興奮しながらバチカンのハプニングの続きが起きたことを話した。彼女も目を輝かして、

「それは行かなくちゃね。行こう行こう」と言う。

問題は私の聞き取った話がどこまで正しいのか……。私はいささか不安だった。しかし日曜日の朝８時、約束どおり、ドアの呼び鈴は無事にピーンポーンと鳴り、私たちは熱いハグと共に再会し、イタリアに来て初めての高速道路へと誘われることとなった。二人の青年は背の高いアントニオとそれより低く私と同じくらいのジュリオ。二人は時折まりなのRの発音は完璧だがトール、お前のはダメだと車の中で何度もやり直しを強いながら、終始イタリア語でしゃべりまくった。流れ去る車窓は初めて見るイタリアの田舎。私もまりなもこれからどんなこと

になるのか全く見当もつかないまま、ただ必死で耳と目と脳を最高感度に保ってその瞬間、瞬間に対峙していた。しかしワクワクと楽しいことが起きつつあることだけは間違いなかった。やがて2時間も走ったかという時、車は高速道路を離れて長閑な田舎の田園風景の中を走り始めた。20〜30分も走った頃、前方に小川に架かる小さな橋とそのすぐ近くに大きな木の茂みが見えて来た。そしてそこに何やら人影が集まっている。目を凝らしているうちに、ぐんぐんスピードを上げた車は……と思う間もなく、その大木の真下に急停車した。その瞬間、アントニオは私たちを振り返り両手を広げて大きな声で叫んだ。

「ロッカロマーナ〜」

ジュリオはすぐに降りてドアを開け、まりなの手を取って車から降ろし、私も続く。するとチャオ、チャオと口々に言いながら木の下から十数人の人たちが歩み寄ってきた。中には、

「マリーナ。アッピアーモ　アスペッタート　トゥッティ　インシエーメ」

とまりなをまるで十年来の友のようににこやかな笑顔で抱きしめる人までいた。

「みんなあの写真に写っていた人たちみたいだよ」

私は呆気に取られながらまりなに伝えた。

「あっそうなの……」

撮った写真を何度も飽きずに眺める私と違って、どんな写真も原則最初の一度しか目を通さないまりなだから、人の顔など覚えているはずもなく、私の説明で漸く状況の特別さが飲み込

めたようであった。

それから私たちは遠く小高い山に囲まれ、ほぼ平坦に広がった村の中をゾロゾロと歩きアントニオの家の前というところでみんなと別れ、我々だけが家の中に案内された。小太りの人の良さそうな母親から熱い抱擁を受け、早々に居間に用意された食卓に座った。母親手製の小山のようなパンは程よく塩っぽく、ワインとよく合う絶品の味わいだった。まりなと「美味しいね」と連発しながら、これ以上は無理というほど食べたのに、私たちの食べる量が少ないことに落胆して、

「やっぱり口に合わないんだね」

と母親がしょげているとアントニオが手振り交じりで伝えてくれた。車に乗っている間にアントニオとジュリオの話はなんとなくわかるようになっているから不思議である。恐縮する私たちを2階に案内し、暫くここでシエスタを取れ、あとでまた迎えに来るとアントニオは言い残してドアを閉めた。まりなも私も興奮気味で寝られるかなと思いながら横になったが、朝早くからの車の疲れとワインがまわり、木のブラインドを閉めた部屋は心地よく乾いて涼しく、あっという間に眠りに落ちた。そしてどのくらい寝たのか、なにやら外のざわめきで目が覚めた。まりなはまだ気持ちよさそうに寝ていた。私はベッドから離れてブラインドを開けてそっと身を乗り出して窓の下を見た。なんとさっき出迎えてくれた若者たちが道路脇の段差に思い思いに座って、話をしながら何かを待っている風情であった。

「まりな、まりな、みんな我々の起きるのを待ってるみたいだよ」

「えーっ」

まだ眠気も酔いの赤みも取れない顔のまりなは半信半疑の口ぶりで目を擦った。

私たちが慌てて服を整え階下に下りていくと、

「眠れたか、みんな外で待っているよ」

とアントニオが今か今かと待っていた風情で、そのまま直ぐに外へと連れて行かれた。賑やかな歓声で迎えられ私たちは直ぐにチルコロと書かれた村の半地下の集会所のようなところに案内され、中へ入れと促された。そして戸を開けた瞬間だった。ジャーンとシンバルの音が鳴り、一呼吸したかと思う間もなく、「マリーナ、マリーナ、マリーナ」と当時のスタンダードナンバーに乗った大合唱がさほど広くない部屋に鳴り響き始めたのである。驚いたことにそれはバチカン広場で出会ったあの28人全員と村の子供たちによる歓迎宴だったのである。そこで幾つかの演奏を聴き終わるとまるでそれを待っていたかのように皆が私たちを取り囲み、皆を代表するようにして1人の若者が、

「あなたはジャッポネーゼなのになんでマリーナというイタリア名なのか」

と聞いてきた。バチカンでも同じ質問があった。皆が一番に聞きたいことであるらしくシーンとしてまりなを見つめていた。まりなは少し困惑した様子だったが、決心したようにまりな独特のあの両手を使った身振り手振りを交えて、

「私の母はスコットランド系アメリカ人で同じ生物学の研究者だった日本人の父とアメリカの大学で出会い結婚した。その新婚旅行でイギリスの故郷を訪ね、そのついでに有名なナポリの臨海実験所も訪ねた。その時カプリ島のマリナ・ピッコラにも行き、その美しさに強く惹かれて、いつか自分たちの娘が生まれたら『まりな』という名前にしようと二人で決めて、それで次女の私にその名前が与えられたのだ」

という意味のことを、たどたどしいイタリア語で説明したのである。イタリア人皆の誇りであるカプリがその名のいわれと知ってみんなは更に歓声を上げて喜んだ。そして、

「トールは日本人だろう。日本人なら、これでなんでもつかめるだろう」

といきなり私にお鉢が回って、ドラムのバチを手渡された。私がバチを箸を持つようにして持ち直すと、見ていた若者の一人が素早くどこからか小石を持ってきて、床に置いた。長いバチで小さな石を難なく摘み上げるとエーイと拍手と歓声が上がった。そこで私はさらに皆を喜ばせようと思い、イタリア滞在以来いつも隠し持っている小さなけん玉をショルダーバッグから取り出し皆に見せた。全員が我先にと近寄りその見たこともない奇妙な木の作り物を凝視すべく近寄ってきた。まりなは私がいつもやることなのでニコニコと慌てず眺めている。私はまるで舞台の上の芸人気取りでさっと玉を放ちいっぱいに伸びた紐をさっと引き寄せた。玉の穴は静かに回転してスポリとけん玉の突き出した棒に収まった。しかし皆には何が起きたのか判らないようだった。皆はけん玉を取り上げ形を見たり玉をぶら下げてみたりした後、もう一度

やれとけん玉が戻されてきた。こんどは玉を持って本体の方をぶら下げてから、それを紐いっぱいに回転させて、本体の槍の部分を玉の穴にスポリと収めて見せた。私は次々と特技を披露し狭い集会所に口笛と拍手が沸き上がった。こうして私たちはたちまち隔てのない仲間となった。

それからの私たちは分刻みに決められているかのような歓迎行事に村中を歩き回ることになった。先ずは教会に連れて行かれた。村でただ一人英語を話すという牧師さんと会い、何か久しぶりに幼稚園児同士のような会話から脱することが出来た気分になったが、不思議なもので折角細かな解る話が少しも面白くないのだ。アントニオたちも英語を敬遠して早々と私たちを教会から引き出し、皆ぞろぞろと次なる家に向かった。招き入れられる家のどこにも必ずあの写真が飾られていた。そして最後に案内された広く大きな家の庭には椅子やテーブルが並べられ、家の中にも大勢の人が集まっていた。そこで初めて、写真の若者グループ以外の大勢のおばさんや子供たちに出会った。通された居間のマントルピースにはまたしてもあの写真が飾られている。やはりこの家もその関係か……と見ているとなんと、ジュリオが、

「ここは僕の家」

と教えてくれた。

「今日はフェスティバル？」とまりなが訝しげに聞くと、

「ノーノー、カルチョ」

「カルチオ？」

私たちはオウム返しに言って顔を見合わせた。まだ日本にはＪリーグもなかった時だから私たちには、サッカーの試合くらいでなんでこんな大騒ぎになるのか判らなかった。判らないまま私たちもそのテレビを観戦させられたが、試合の開始とともに尋常でない騒ぎとなり、私たちは完全に忘れられた存在になった。

「凄いね」

まりなも私も人々の注目から外れてホッとした気分でひたすら出されているチーズとワインを味わった。やがて村人の熱狂は、「イータリア、イータリア」の大合唱となり、踊りだす者まで現れた。

「どうやらイタリアが勝ったらしいね」

「みんなよっぽどサッカーが好きなんだね」

私たちは今起きていることがどれほど凄いことなのか全く理解せず、呑気に驚くばかりだった。しかし後から聞けばそれは当然の騒ぎだった。まさにその時、イタリアがＷ杯の決勝リーグに勝ち上がった瞬間だったのだ。

翌日も朝食を終えるとアントニオは、ジュリオの来訪を合図に私たちを車に乗せて走り出した。

「ドーベ　バ？」まりなが行く先を聞くと、

「カルチョ」

「えっまたサッカー？」

まりなが思わず日本語で聞き返すと、

「ノゥノゥ」

ジュリオが直ぐに察して、手を左右に振りながら、

「イル　カルチョ　エ　ジヨカート　ダ　ツウッティ」

「サッカーがなんだって？」私はまりなを見る。

「みんなでサッカーするって言ってるみたい」

確かに視界の広がる車の前方にゴールネットの置かれたグラウンドが見えてきた。既に何人もの人がボールを蹴ったりしている。車から降りると、

「チャオ、チャオ」

と彼らは待ちかねたように近寄って来て挨拶を送ってきた。見ればまたしても昨日の若者たちだ。彼らの弟たちだろうか年若い少年たちもいてゴールネットの前のシェパード犬を相手に球を蹴っている。

「犬がゴールキーパーやってるよ」

釘づけになって見ていると、シェパードは少年たちがどちらにボールを蹴っても受け取れるようにたえず左右に動き回っている。そして一人の少年が低い弾道のボールを蹴った……と見

えたその瞬間、大きなシェパードは高くジャンプして、パクッと口で噛み獲ったのである。

「イエーイ」

唖然として見つめる私の横から、まりなも大きな喝采と拍手を送った。

やがて、若者たちと弟分たちは2チームに分かれて試合を始めた。その間シェパードはまるでオフサイド審判のように球の行方と合わせて走り続ける。しかも驚いたことに、ピッチの中には決して入らないのだ。犬をそこまで仲間とする躾をする習慣のない我々日本人には目を離すことが出来ない稀有なる光景であった。

「試合、面白かったか？」

「犬が面白かった」

次なる場所へと走り出した車の中でアントニオはがっかりしたように肩をすくめて見せた。

「ドベ、バ？」

構わずまりなが行き先を聞いた。

「フルッテート　ディ　ミオ　パードレ」

「お父さんの……なんだって？」聞き取れなかった私はもどかしくまりなに聞く。

「お父さんの果樹園と言ったのかな……」

耳の良いまりなは、昨日からのイタリア語漬けでどんどん言葉が聞き取れるようになっているらしい。初めの頃はついていってたのに……と私はほぞを噛む。そうこうしているうちに車

が減速して街路樹の下に止まると、

「チャオ」

と一人の女性が乗り込んできた。昨日の集会所でも見かけた美人のセニョリーナだった。

「テレーザ　ミア　アミーカ」アントニオの紹介はそっけなかった。

「恋人かな？」まりなは興味津々といった調子で私に笑顔を向けて言った。こういう時は日本語は便利な秘密信号になる。

「この美人さんはたしかあの写真でもアントニオの横に並んでた娘さんじゃないかな……」

私の脳裏を過った思いに、そうか……と思わず我知らず大きな声を出していた。長い胸のつかえが取れたような気分だった。

「ソーレ、ソーレ」

バチカンでのあの時、カメラを構えた私は、太陽を指差しながら逆光であることをつげたのだった。その瞬間、私の意思は通じて、全員が誰が誰の横と決まっているかのように、思いもよらぬ速さで前と同じポーズで逆向きに並び直したのであった。それは初めてのイタリア人に初めてのイタリア語が通じた忘れ得ぬ一瞬であったが、日が経つにつれ、その時の全員の一糸乱れぬまとまりの良さが不思議な思いとして胸のつかえのように残っていたのである。この2日間、村の若者たちの尋常ならざる濃密な仲の良さを目の当たりにし、いままた、あの時の中心の二人が恋人同士であったらしいと知って、俄かに、探していたジグソーパズルのピースが見つかった時のように、確信に満ちた納得が胸を過ったのである。

「なるほど、こんな村から出てきた人たちだったから……」

流れるたおやかな田園風景を眺めながら私は、

「もしかしたら、100年も昔の時代の人たちに囲まれているのかも……」

という気分に襲われていた。

車は広大な農園の横で止まった。降りてみるとそれはサクランボの果樹園であった。

「チャオ」

仕事着のアントニオとよく似たお父さんらしい人が木の上から挨拶してくれた。テレーザとも親しげに挨拶を交わしているので、

「やっぱり、アントニオの恋人だね」

と私たちは頷きあった。

「そう言えばここに来て働いている人を見るのはこのお父さんが初めてじゃない？」

まりなの言う通りだった。昨日は日曜日だったからさほど不思議には思わなかったが、今日の月曜日になってもこの村に働くという雰囲気はどこにも見当たらないのだ。

アントニオの父親の果樹園を案内されながら、日本ではこれくらいで3000リラはすると片手を広げて言ったら、目を丸くして、それなら好きなだけ持って行けと、生まれて初めてのサクランボ狩りをした。好きなだけ採った大量のサクランボの入った袋を宝物のように膝に載

せて農園を後にした時はお昼を回っていた。テレーザも同乗して、またまた行き先不明の移動が始まった。やがて辿り着いたのはなんと中世の鉄仮面の兵士でも潜んでいそうな古城であった。アントニオもテレーザも敢えてなのかあまり説明もしてくれずに中に入って行った。どうやら観光地ではなく、普通に人が住んでいるらしい。頭の中はあれこれと推測でいっぱいになりながら私たちは二人の後について暗い階段を上がった。天井まである大きなドアをアントニオはゆっくりと開けた。

「わっ」

思いがけない光景に私たちは息を呑んだ。いかにも古い石柱が幾本も立つ広い部屋に長いテーブルを囲んで20人ほどの人が座っていて、一斉にこちらを見ていた。皆一癖も二癖もありそうな老人たちの顔、顔、顔。どの人も犯人のように見える……あのアガサ・クリスティの小説の一場面のようだった。しかしそれは一瞬の印象に過ぎなかった。

「チャオ　コメ　スタイ」

「チャオ」

老人たちは柔らかな笑顔になって口々に歓迎の挨拶を投げかけてきた。テレーザはここでも皆に愛でられる存在のようで、次々と座ったままの老人たちと抱擁をかわしていた。まさか自分たちが中世に迷い込んだような古城の中の一室でこのような歓迎宴に遭遇するとは……。まさにアントニオとテレーザが企てたサプライズが私たちを直撃していた。人々は皆二人の親戚とのことだったが、まりなも私も完全にふわふわとして実際に何が起きているのか判らなくなりはじめていた。

こうしてその日の夕方まで、贅沢な料理の数々を食べ、老人たちと談笑し、ワインの酔いも覚めやらぬ中、アントニオといつの間にか現れていたジュリオの運転で村の街道筋を走りナポリへと送り届けられたのであった。

「グラツェ　ペル　リチェビメント　ペルフェット」

別れ際にまりなはイタリア語を駆使して、完璧なもてなしへの感謝を述べた。するとアントニオは満面の笑みをたたえて大手を広げ、

「クエスト　エ　ロスティーレ　イタリアーノ」（これがイタリア流だよ）

と得意げに言いつつ、そのまま私たちを一度に強く抱きしめてくれた。同じようにジュリオもつづき、そして、

「チャオ」

「チャオ、グラツェ　ミッレ」

感謝を込め、名残を惜しみつつ最後の別れの挨拶をかわしたのであった。

夢のような2日間はこうして終わった。

やがて7月を迎え、実験所は夏休みとなり私たちも日本を出る前から予定していたヨーロッパを巡る鉄道の旅に出た。地中海沿いにスペインに上がりフランス、ベルギー、ホーバーでイ

ギリスへと渡り、大陸に戻ると、オランダ、オーストリア、途中共産圏も見てみたいという興味にかられて、予定外のチェコはプラハに立ち寄り、想像を超えた共産圏の姿に逃げ出すようにして這々の体でドイツのシュトゥットガルトに辿り着く。最後は、スイスからミラノ、フィレンツェ、シエナ、ローマ……へと全てコンパートメントの寝台列車に乗っての移動で、ユーレイルパスならではの快適な3カ月に及ぶ長旅だった。一つの街を去る時の夕食はいつも、コンパートメントの向かい合ったベッドの二階を食堂にして、街で買ったばかりの惣菜とバリバリのパンをベッドの端から足をぶらぶらさせながら食べるのである。そんな楽しい旅の中でもとりわけ忘れ難い経験は、知人を訪ねたケンブリッジ大学で、ニュートンの肖像などが飾られた広い食堂で、教授たちの居並ぶ壇上を見上げながら学生たちと夕食を共にしたこと。そして極め付けは、ウィーンでのことだった。まりなの友人の日本人女性Oさんが助手をしているという関係で、ドナウ川沿いのコンラート・ローレンツ博士の実験室を訪ね、このあまりにも高名なノーベル賞学者とまりなが、進化論をめぐって長々と議論するのを聞くことができたのである。私にとってはそれだけでも夢のようなことだったのに、夢はそれで終わりではなかった。博士を訪ねたあと、私たちはウィーンの街中に建つ大きな屋敷の片隅にあるOさんの下宿に立ち寄り、家主に挨拶してとのOさんの申し出を受けて、母屋へ出向いた。通された大きな書斎風の部屋で家主のおばさんに挨拶をし、出してくれたお茶をご馳走になった。その時、まりなが私を物理の研究者と紹介したのである。すると、

「そうですか、私のお爺さんも物理学者だったんですよ」

とおばさんはさりげなく言った。私も流れで、

「何という名の方ですか？」

と何気なく聞き返したのである。そしてその答えを聞いた時の驚きと言ったら……。

「えっ、それではここはあのシュレーディンガーの書斎なんですか……」

腰を抜かすとはこの事だった。シュレーディンガーとは言うまでもなく、あの量子波動力学の創始者。素粒子論の学徒には神様のような存在ではないか……。

もっともこれと似た経験は20歳の頃、まりなの家に遊びに行った時にもあった。敷地が上下2段になっていて子供部屋は下の敷地にあったのだが、

「上には今外国からのお客さんが来ている」

とまりながさりげなく言うので、この時も流れで、

「どんな人？」と聞いたのである。

「ママの大学時代の親友だって言ってた。今はオッペンハイマーの奥さんだって」

「えっ、オッペンハイマー？　あの原爆の……」

「物理学者って言ってたから、そうじゃないかな」

ジーンさんの親友の旦那さんがオッペンハイマー……衝撃の事実に息も止まりそうになっている私を前にして、まりなの答えぶりは能天気なものだった。権威ということに無垢なまでに

無頓着なまりな……は、この時以来私の脳裏に深く刻まれている。

とにもかくにも、こうして日本を後にした私たちの半年はハプニングに次ぐハプニングの中で過ぎていったのである。

やがて、ナポリ湾に面して上と下に分かれた複雑なナポリの街の概要もなんとか頭に入り、朝に立ち寄るバールのシェフのおじさんにも親しく挨拶できるようになり、休みの日の私たちの好奇心も地元の人しか行かないような隠れた名所に向かうようになった。

その日もバスで少し遠出してギリシャの賢人が住んでいたという山をくり抜いた竪穴式の住居というものを見に行った。バスは途中までしか行かないのに、

「ジャッポネーゼがこんなところまで来たんだから」

と私たちだけを乗せた路線バスは終点を越えてそのまま、その遺跡の入り口まで田舎道を走ってくれた。バスがやってきて驚く門番に、運転手が大きな声で私たちを指差しながら「ジャッポネーゼ」と一言叫ぶと門番も「おお、そうか」と全てを納得したように、「こっちへ来い」と私たちを手招きした。

まったく驚くべき自由さだ。そこは、ギリシャの時代の事など何も知らない私たちには形容しようもない不思議な遺跡で、まりなの好奇心はいやが上にも刺激され思いがけなく長い滞在となった。特に真っ暗な洞穴の中に一筋の光の筋が見えるところがあって、真下に行って見上げるとずっと高いところまで続く穴が山を突き抜けていて、そこから外の光が落ちてきている

のであった。実に見たこともない微弱な淡い光だった。ふつう「山中」という言葉は山の奥地という意味だが、ここでは文字どおり立体の「山の中」。まさに予想だにしないものだった。見たこともないものを堪能して、疲れ切って帰ってきた私たちは服も着替えずベッドに足を投げ出し、

「いやーおもしろかったねー」

と満足感に浸りながら、ハプニングに満ちた一日を反芻した。

……とそこへ、部屋主のアントニエッタがやって来て、

「トール、ちょっと棚の上のものを取ってくれないか？」

と私を手招きした。

彼女はナポリ臨海実験所の創立者の末娘で60になる今も独り身であった。私は「ハイハイ」とフタツ返事で跳ね起きて飛んで行って、

「どれを下ろしますか？」

と棚を見上げて気軽く指示を仰ぐ私に、アントニエッタは両手を前に揃えて、

「トール、まりなに悪いニュースがある」

と沈んだ声で言った。

「ジーンさんが亡くなったとさっき日本から電話がありました」

「えっ」

虚をつかれた私は反射的に、開け放してきた廊下の突き当たりの部屋を振り返った。まりなは私の手伝う姿を見ようとベッドの横の椅子から身を乗り出してニコニコとこちらを見ていた。その瞬間、私の中を走り抜けた感覚を何と表現したらいいのだろう。初めて感じるまりなから引き裂かれる感覚。どちらかが死にゆく時もこんな感覚なのだろうか……。

「まりな、ジーンさんが死んだ」

部屋に戻った私は、それだけ言うのが精一杯であとは黙って座っているまりなの頭を抱きしめた。

「私は日本を出る時から予感してた……」

私の腕の中でまりなはポツンと言った。母親の喘息の進行を誰より心配していたのはまりなだったのだ。

私たちは葬儀には戻らず代わりに、クリスマス休暇を使ってまりなの両親が結婚前に研究を共にしたアメリカのボストン近郊のウッズホール臨海実験所に向かった。この実験所の元所長さんの奥さんのスージーさんはジーンさんのアメリカ時代の親友であった。その彼女がのちに私たちが住むことになった千葉の自宅を訪ねた日に、ジーンさんは喘息の発作で急死したのであった。実験所の出してくれた大きな採集用の船で沖合に出て、私たちはスージーさんが持ち帰ったジーンさんの遺骨の一部を海に帰してあげたのである。氷点下の乾いた寒さの中で、投げ入れた花束が静かに波間に流れ去るのを、まりなはいつまでも立ち尽くして見入っていた。

静かな厳粛な別れだった。その晩入り江に停留してあるヨットの柱に巻きついた紐が強風に振られて柱に当たってカチンカチンと乾いた音を響かせ続けるのを私たちはまんじりともせずに聞き続けたのである。まりなに母の死が今初めて身近に染み込んでくる夜だった。

まりなはスージーさんの家にアメリカ各地から集まった沢山の親族や知人たちと再会し、クリスマスパーティーも彼女の家で賑やかに催された。イタリアでもそうであったが、家族の不幸はなるたけ触れないようにして、それとなくユーモアの中に温かくしてあげるのがこうした場合の西洋の礼儀のようであった。私は、英語も自由とは言い難いので、そっとまりなの横でほんわりとした笑いの溢れる皆の話を耳を集中して聴いていた。

「次はトール。何か面白いことを話して。皆さん、トールは話が上手でいつも面白い話をしてくれる人なんです」

若い時日本にいて私たちの結婚式にも出てくれ、今では新進の童話作家になっているギャレットが突然私を指名し、皆に向かってそんな紹介をした。

突然のことで狼狽える私に、

「あの話をしなさいよ」

とまりなが背中を押した。こんな時のあの話……と言えば、あれしかない……。あんな長い話を英語で……、私は頭が真っ白になりながら進み出た。

私たちの日本での住まいは関西のニュータウンにあるマンションである。ある日の夕暮れ、二人して帰り着くと最上階の５階の私たちの家のドアの前に小さな全トラの子猫が蹲っていた。おやっと思う間もなく、子猫はまるで私たちの飼い猫のようにニャーンと甘えるように鳴くと、何の警戒も示さずにさっと肩に飛び上がりグルグルと喉を鳴らしながら両前脚を肩に交互に押しつけてきた。

「えーっ、君は誰だあ～」

まりなもそんな無警戒の子猫の顔を覗き込むようにして赤ちゃんにでも話しかけるように優しい口調で勇敢な珍客を歓迎した。珍客には私たちの子供の代理を……との願いからサブスチチュートの「サブちゃん」という名が与えられた。お風呂に入ると木の湯船のふちに座ってじっと観察し時々可愛い手を差し出して熱い湯にハッとしたり、裸のまりなの足に噛みついたりした。日中の留守の間は、天井から吊るされた紐の先のトイレットペーパーで気を紛らし、夕方になると、建物の外に帰って来た私たちの足音を聞き分けて、ベランダに走り出て来て「ニャーン」と待ちわびた気持ちを伝え、夜は必ず寝ている私の腹や胸の稜線を伝って首に跨って寝に来るなど、サブちゃんは稀有な賢さと愛らしさを兼ね備えた猫だった。やがて私たちの帰宅後は出されたものを食べ終わるとドアの前に座って「ニャン」と一声鳴いて「今度は私が外ね」と言わんばかりに催促するようになった。寝る前に迎えに行くと決まって下の自転車置き場に座って近づく私に「ニャン」と合図をくれる。辺りにはちょっとした草木の茂みが残されていて、そこにはサブちゃんと同じ４匹の全トラの子猫と母親猫が棲みついていた。サブちゃんは小さいうちにその仲間から抜け出してひとり私たちの5階へと来たものらしい。彼らと遊ぶのがサブちゃんの楽しみらしかった。時に自転車置き場にいないこともあった。小声で「サブちゃん」と呼ぶと微かな返事があった。捜すとそれは木のてっぺんからで、犬にでも追われたのか思わず駆け上って下りられなくなったらしい。西日除けに持っていた「葦簀」を持ち出しその木の上の方の枝にそれを立てかけて、躊躇するサブちゃんを「下りといで」と励まし続けるとサブちゃんは恐る恐ると下りてきた。夜中の12時を過ぎ、団地の窓があちこちで開けられ、非難の視線の先での珍妙な救出劇だった。

数カ月して猫たちが騒がしくなった。「もう時期になったのかなぁ」などと言っているうちに、一階のあたりが騒がしい時があり覗いてみると向こう鉢巻の一階の住人が棍棒を片手に「うるせー」と怒鳴っているところだった。この頃にはサブちゃんは昼間のうちから外の仲間と過ごし、夕方から私たちと暮らすというリズムになっていた。

それから2週間ほどたったある夜、いつまでも姿を見せないサブちゃんを捜しにいつもの自転車置き場にいって待っていたが、サブちゃんは現れなかった。今度ばかりは木の上にも居なかった。その日を境に母親を残してサブちゃんの兄弟たちもみな居なくなっていた。それから暫くは母親猫の悲しげな鳴き声が聞こえ、私たちも隣の団地街までも足を延ばして「サブちゃん、サブちゃん」と捜し続けた。しかしあの可愛らしい鳴き声はついに聞こえてこなかった。

その夏、私たちは喪失感に苛まれて信州の温泉旅行に出掛けた。東京に用事があるというまりなと信州松本で別れた夜、私は観光シーズンでどこも満室の中、やっとのことで見つけた素泊まりの宿に向かった。老婆に案内されたのは三角の形をしたみすぼらしい部屋でさすがに躊躇していると、老婆は、「もう一部屋空いていますよ」とさりげなく別の部屋を見せてくれた。

ダブルベッドが置かれた広い部屋は、その片隅にシャワー室まで付いた立派なものであった。今度は料金が気になり戸惑っていると老婆の方から三本の指を立てて「ここも３０００円でいいよ」と私の決断を促した。部屋の真向かいは広い広場で公会堂と新聞社があり社員たちが働く姿が見える一等地だった。私は幸運を喜び、翌日は松本城を満喫し疲れて戻った二泊目の夜のことだった。眠りについた私は、突然足元から何者かがのしかかって来てその両手で首を絞め上げられたのである。私はもがいたが、どんどん絞め上げられ、

「アァもうダメだ」

と思った瞬間、私のお腹の上を踏むような感覚が……と思う間もなく、絞め上げている手にガブリと噛み付いたものがいた。とたんに苦しさは消え、私の首にはあの懐かしい柔らかく温かい感触があった。

「おっサブちゃんか……」

私は安堵してその体を撫でようとした瞬間、目が覚めた。

「夢か……」

朦朧とする中どれ程の時が過ぎたのか私は再び足元から這い上がってきた者に襲われ、首を絞め上げられたのである。私はもがきながらサブちゃんを必死になって呼んだがもうサブちゃんは現れなかった。私の命もこれまで……と観念した途端に目が覚めた。

「また寝てたのか……」

恐怖に駆られて起き上がり、枕元のメガネをかけて、ふと見ると、シャワー室のコンクリートの壁の前に誰かが立っている。部屋は真向かいの新聞社の明かりでボンヤリ明るかった。

「ナムアミダブ」

私は思わず両手を合わせて拝んだ。すると、手を前に組んでぼんやりと見下ろすその者が少し壁の方に遠去かるように見えた。

「ナムアミダブ、ナムアミダブ」

しめた、効果あり……と感じた私は夢中で念仏を繰り返した。その都度その者は遠ざかり遂に壁の中へと消えた。

翌日私は老婆に、

「とんでもない部屋に案内してくれましたね」

と言うと意外にも老婆は笑いながら、「出ましたか」と言って次のような話をしてくれた。

「３年前にね、あの部屋でアベックの殺人事件があって女の人が殺されたのさ。それからはちょくちょく出るっていう人がいるね。なんでも優しい人に出るっちゅう噂だね」

以上が「あの話」の全てであった。こんな長い話を要約とはいえ、英語でしどろもどろに話していくうちに最後になって私はハタと困った。

「ナムアミダブツはなんと訳せばいいんだろう……」

私はとっさに手を合わせながら言った。

「ゴッドヘルプミー、ゴッドヘルプミー」

会場は笑いに包まれた。幸い話は総じて通じたようだった。皆が異口同音に「やっぱりサブちゃんは死んでるんだねー」と感想を言ってくれたからである。それは日本での反応と同じだった。キリスト教と仏教の違いがあっても人の感じることにさほどの違いはないものらしいとホッとしながら思ったものだった。

新しい年になって私たちはナポリに戻った。3月までの残り時間を惜しむように味わった後、ニューヨーク、シアトルからハワイを回って日本に戻った時は、自分の国がこんなにも堅苦しい国だったのか……と完全にナポリぼけした頭を元に戻すのに苦労したのであった。


「里山のジャムいかがですか？」

亜由美さんとまりなが交互に叫んでいる。午後になり吹き渡る潮風も心地よくマーケットもどことなく気怠い雰囲気に包まれていた。

「かなちゃんは？」

姿が見えないことを訝った私は、売り場に立つ二人に聞いた。

「ここにいます」

どこからともなく聞こえる声の方向を捜すと、なんと彼女は隣のブースの椅子に座っているのだった。そこはジェノバペーストを買ってくれた野菜売り夫婦の店と反対側で、朝方は空き地になったまま、お昼近くになって二人の華やかな服をまとった若い女性がやってきてテントも張らず、なにやらつかみどころのない店構えを作り出したところだった。ものを売る様子もなく、みんなの休憩場所か何かだろうくらいに思い、あまり気にも留めなくしていたのだった。

「なるほど、タトゥー……をやる店だったのか……」

首回りの広いＴシャツを着たかなちゃんが首を差し出すように曲げて座っていて、片方の女性がそこに這いつくようにして、タトゥーを施している。ツクシが数本生えているところを蝶々が飛んでいる……とでも言う他ない不思議な絵柄。老人には到底思いつけない若い人たちの遊びごころに私は、なんとも不思議な敬意を感じながら、初めて見るタトゥーの現場にしばし引き込まれたのであった。

それから戻って来たかなちゃんの首筋に描かれた一片のタトゥーは、彼女の若さを一段と引き立て、「里山のジャム」のコーナーにおまじないのような幸運をもたらすこととなった。気怠い午後のひと時を迎えてぱったりと止まっていた客足が急に増え始めたのである。不思議なもので、一人が買うとすぐまた次の人が買うという按配で、気がつくといつのまにか勢いがついてすごい売れ行きとなっていた。３時を迎える頃には、ジャムは今までの記録を破る70個という売り上げとなり、売り切れとなる種類も出てきた。

「凄かったですね」

客足が止まり暇が戻ったかなちゃんは、種類が寂しくなったジャム瓶を眺めながら、感慨深そうに言う。

「なんか名前が知れてきたみたいだね。去年食べて自然な味が美味しかったからまた来たとか、今回は行けないから買ってきてって頼まれて来たっていう人が結構いたからね」

手をポケットに突っ込み、行き交う人の流れを見る余裕をとりもどしたまりなは、手応えありとホッと安堵するような表情で言った。

「里山のジャムを食べてみてください、食べてみれば美味しいと分かりますから……」

側で見ていても切なくなるような純なその願い。しかしそれを実現しようとする粘りは半端ではない。それを知る私は、ただ、すごいなぁ……良かったなぁ……と本人以上に安堵するばかりだった。

やがて夕方も近づいてきて風が強くなり始めてきた。この時間になると品物を売り尽くして、打ち上げになる店があっちこっちに出始めて、それらの出店者自身が客に早変わりして歩き回りだす。そうした人たちは売り切った達成感もあってか、財布の紐が緩みがちになる。食事用の食べ物と違ってジャムのような嗜好品はこんな時にこそよく買われるのである。「里山のジャム」は三度目の客足を迎えて、もう「里山のジャムは如何ですか」と呼び込む暇もなくなっていた。ただ待っていれば次から次へと人が足を止め、残り少なくなったジャムを試食し、買ってくれる。まりなと二人の魅力的な助っ人は、相変わらずそれぞれ自分が「まりなさんのジャム」の「まりなさん本人」であるかのように、「里山の……」に込められた気持ちを具体的に自信に満ちて説明するから、それを聞く人たちも面白いように納得し、

「すばらしいことねえ、頑張ってくださいねぇ」

とまで口にして買ってくれるのである。

「や〜、今日よく出ますねー」

再び勢いが収まったところで、今度は、何事にも泰然としてゆっくりとした口調を忘れない亜由美さんが、珍しくため息をつくように驚きを口にした。

「今日の帰りはインドカレーだね」

「勝手に決めないの。みんなに聞いてごらん」

まりなは、はやる私を抑えるように、こんな時も忘れずにいつもの戒めを口にした。横でやり取りを聞いていたかなちゃんは、私が何も言う前に、

「私も賛成」

と左の手の平をちょこっと上げてニコニコと笑い、亜由美さんは、

「インドカレー、いいですね〜」

とまたゆったりと答えた。

そして楽しみな夕食の計画が出来上がりサァもう少しと思った矢先だった。

「あれっ、来てくれたの……」まりながひときわ弾んだ声を上げた。

「繁盛してますね」

「里山のジャム」の幟の陰から、礼儀正しく頭を下げながら現れたのは吉野君だった。それに続いて、こんにちは、こんにちは、と口々に言いながら数人の若者たちが次々に現れ、ジャムの卓の周りにはあっという間に高い囲いができたようになった。

吉野君というのは、大学で化学を学び一度は東京の企業に就職したが、やっぱり農業をやりたいとこの町に住み着いた若者である。限界集落となってきた私たちの住む村の米作りの後継者をなんとかしなければ……と考えていたまりなの目に留まったのが彼であった。

「なんか、みんないっぺんに来てくれて、びっくりするじゃない」

まりなは半ば困ったような表情で嬉しさを表した。

「さっきから見てたんですけど、子供連れのお母さんみたいな人がよく買っていきますね」

店の繁盛ぶりをテントの奥から眺めながら吉野君が言った。

「朝からずっとそうなの。子供たちみんな試食して美味しいってお母さんの顔を見るの。そうするとお母さん必ず買っていくね」

まりなの弾んだ口調に嬉しさが溢れる。

「まりなさんのジャムって透明感あってほんと綺麗ですよねー」

吉野君は並んだジャムをじっと観察するように見つめながら言った。

「普段あんまり食べない僕たちでも、この透明感に惹かれてつい手が出ますからね。子供たちもきっと綺麗だなぁと思って立ち止まってるんですよ。それで食べてみたら美味しいから、買ってってなるんじゃないかな」

「私も絶対そうだと思います」

一緒に話を聞いていた朝子ちゃんが身体中で賛意を表すように言った。彼女も役所に勤めながら街の若返りを目指している若者で、ふっくらとした顔立ちの美しい娘だった。この２人には最近恋人同士になり始めているとの噂がある。それを知ったまりなも私も、密かに２人の仲を応援しているのである。

「あれって、どうやって透明にするんですか？」

吉野君は化学を修めただけにものの理屈を疎かにしない若者で質問にも実意が籠もる。

「それは一口には言えないけど……」

まりなもそんな疑問には飛び切り誠実に答える人だ。

「一番は砂糖ね。いろいろ試して、材料の色を変えない砂糖の種類を探すのよ。それが決まったら次は煮詰める時間を探すの」

「そりゃ凄いもんだよ」私も日頃からの感慨を込めて言う。

「夕食の後、毎晩毎晩、よくそこまで拘るなぁって感心するほど根気よくいろんなこと試してるからね。あれはもう生物学の研究実験そのものだよ」

「そうかぁ。やっぱまりなさんは学者なんですね。透明なのにはちゃんとした訳があるんですね」

吉野君は納得の笑顔を浮かべた。

「それに私は……」

朝子ちゃんはまだそれだけでは褒めたりないというふうに言葉を引き継いだ。

「ここに来る前にそこらを回ってきましたけど、ジャム売ってるお店は何軒かあるんですよ。でもみんなイチゴジャムなんです。こんな10種類もの色とりどりのジャム売ってるのはまりなさんだけです。それも凄いです」

朝子ちゃんは魅力的な笑顔で我が事のように拳を胸の前で握りしめながら力説した。

「ありがとう。ところで……」

とまりなはふんわりと話題を変えて、

「田んぼの方、上手くいかないねぇ」と吉野君を労るように言った。

「あの村のガードは尋常じゃないですね」

吉野君も急に暗い表情を浮かべて答えた。

「折角まりなさんに斡旋して貸してもらったのに、あれだけ細かいことを言われ続けたら、僕らもそこまで言うなら他を探すかなって思っちゃいますよね」

「まぁそう言わないで……。そのうち分かってくれるから」

まりなは若者たちに明るい未来が待っているかのように励ます調子で言った。自分で言い出したこととはいえ、こんな時のまりなは実に辛抱強いのである。

村の稲作はこれまでも老人たちによって細々と自分たちと孫子のために続けられてきているのだが、ここへきて歯の抜けるようにあっちこっちと耕作されない田んぼが目立つようになってきている。奇跡的に美しい里山の風景を残しながら、限界集落から消滅部落への足音が確実に近づいているのである。まりなはそのことに強い焦りを感じ始めていて、なんとかこの美しい村落に新しい血を入れようと機会あるごとにこの半島に住む若者たちとのコンタクトを強めている。

そんな熱意に応えて現れてくれた吉野君たちであったのだが、事はそう簡単ではなかった。何はさておき話に乗ってくれると当てにしていた村人からの協力が得られず出鼻をくじかれたのである。それでも諦めなかったまりなは、別の村人からなんとか荒れた田んぼを貸してもらえるように手筈を整えた。しかしその人からも、皆と同じ時期に草刈りをしないとか事あるごとに文句が出た。若者たちも他に収入を得ながらのことだから、そうそう言われた通りにはできない。それでも村人たちは容赦しない。やるからには自分たちの古くからの決まりごとに従ってもらうというのが村の確固たる常識なのだ。村人はほとんど互いに縁戚関係にあり、昔ながらの美しい里山風景はその結束の固さによって保たれてきたのである。二つのことは背中合わせで切り離せそうにない関係にある。しかし高齢化、過疎化にここまで追い詰められた以上、その固い背中合わせもいつか必ず切り離せる……それがまりなの信念なのだ。そこにはどんな打算もない。ひたすら愛する美しい里山を守りたい……どこまで行ってもただそれだけなのだ。世間知らずと言ってしまえばそれまでのことだが、可能性がある限り諦めない……、その姿勢はこれまでもたくさんの不可能をプラスの方にひっくり返してきた。こんどもそういうことが起こらないとは誰にも言い切れない。しかしそう願いつつも、お互い前期高齢者となっている今、これまで通り……いや、それ以上に何かにとりつかれたように自分から困難を背負い込もうとするまりなの姿勢には、私は今まで感じたことのない危惧を感じはじめていた。

「まりな、滅びゆく里山を自分でなんとかしようなんてもう考えないでいいじゃないか……君はもう自分のためにも人のためにも、十分闘ってきたんだ。そろそろこの辺で、ゆっくり余生を楽しんでもいいんじゃないか……」

そう願わずにおれない私の脳裏には、その真っ直ぐな願いにもかかわらず、いや、あまりに真っ直ぐであったが故に、世の中と闘い続けることになってしまったまりなの現役の日々が走馬灯のように過るのであった。

まりなが講師になったのはイタリアから帰ってから5年後のことだった。助手になって12年

目という異例に遅い昇格であった。助手として赴任した直後の騒動が尾を引いていたことはまちがいなかった。しかしまりなは、

「粗末な人たちなの」

の一言で片付け、それ以上の悔しさをおくびにも出さず恬淡とした態度を崩すことはなかった。

イタリアからの帰国をきっかけに本来の研究室に戻ったまりなは、騒動の時に学生と教授側との間を醜く泳ぎ回った同じ研究室の助教授が他大学の教授となって転出したことで、講師の身分で研究室のトップとなった。そして自らの推挙によるK助手も着任し、文字通り研究にあけくれる充実した日々を迎えることとなった。実際それからの13年間は、季節が来るたびにKさんと共に、院生や学生たちを引き連れ、あちこちの海に研究材料のヒトデの採集にでかけたり、学生たち共々、様々な大学付属の臨海実験所に長期間泊まり込み、「細胞の発生過程における再構築」という現象の観察に没頭することになった。そうした研究活動の合間には、釣り好きのKさんに連れられて釣りをたのしむこともしばしばだった。それはまさにまりなの研究生活の黄金期と言える時期で、フリマの有能な助っ人をしてくれている亜由美さんも、この時期の学生さんで、まりなが「私の見た中のピカイチ」といって憚らない優秀な学生さんだったのである。

しかしそうした学外での充実した研究の日々とは裏腹に、大学内では、廊下ですれ違っても

挨拶もされないなど学科内のまりなへの反感は鬱々と続いていて、昇格人事の度にそれは露わとなり、学科を牛耳る教授たちを中心とするさまざまなイジメが白昼堂々とくりかえされていったのである。

「今日の教室会議で負け犬が何を言うかと言われたよ」

「教室会議でそんな品のないこと言うの？」

私が怒りを抑えながら聞き返すと、

「何でもありだよ」

「それで他の人は何も言わないの？」

「シーンだよ」

「けしからんなあ」

「でも命までは取りに来ないからね」

男ならとっくに鬱病でも発症していてもおかしくない状況をまりなは、何年にもわたって、このひと言で耐えてきたのである。

一方、長い島流しの孤立の中で「生物の階層性」という独自の考えに辿り着いたまりなは、助教授になる前後から著作活動にも力を入れ始めていた。それらの著作出版は原稿を自ら出版社に持ち込んで始まったのであった。幸いそれらの社会的反響は概ね良いものであり、増刷も相次ぐことになり、少しずつ世の中にもその名を知られるようになった。しかし学科内ではそうしたことこそがまたイジメの格好の標的とされ、「研究をおろそかにしている」とあしざまな侮蔑さえ投げかけられるありさまだった。そしてついに、彼女は助教授になって10年目の5度目の教授昇格人事に申請を辞退するという挙に出たのである。周囲は大いに慌て、ようやく教授昇格が認められることとなった。

こうした曲折を経てまりなは教授になったのであったが、その後僅か3年で周囲の意表をつくようにして大学を辞し、里山に移住したのであった。

「里山のジャム、いかがですか、どれもみんな里山で採れた材料で作ったものですよ。試食もできますよー」

まりなは少しでも人波の近くにとテントの前に出て、相変わらず抑えた声の調子で呼びかけ続けていた。

マーケットも終盤を迎えて、人の流れもどことなく乱雑になり、助っ人二人もテントの中の椅子に座ってのんびりお茶を飲みながら休憩をしているところだった。

広場の端では青い海を背景にしてステージが設けられ様々なグループによる音楽演奏やパフォーマンスが大音響で行われていた。そんな大音響も夕方の広いマーケットには潮風に乗った心地よい響きとなって伝わる。私も手持ち無沙汰で、「里山のジャム」の幟を離れて、どことなく気怠さを漂わせる会場を見て回り、音響のする方に近づいて行った。マーケットを見て回るのに疲れた子供連れや、恋人たちもいつしかここに集まり、ステージを間近にしてソフトクリームなどを頬ばりながら演奏に聞き入っていた。中でもビートルズナンバーを歌う外国人ボーカリストを中心とするグループは実力が半端ではなく、皆の心を捉えるだけの聞き応えがあった。私も空いているベンチに座り、思いがけない上質な演奏に聞き入った。そしてそれも終わり、次なる登場者はハワイアンバンドということで、少しだけ聞いて戻るか……と独り言を言いながら始まった演奏を聴いていた。やがて、ステージの横から二人の女性ダンサーが現れでてフラダンスを踊り始めた。一人は太ったおばさんでもう一方は若く華やかなフラガールだった。

「あれっ……」

私は一人声をあげていた。右手で踊るその若きフラガールにどことない見覚えがあったからである。

「確かに、間違いない……。それにしても上手だなぁ」

なんとそれはさっきかなちゃんにタトゥーを施していた隣のブースの娘だったのだ。踊りにキレがあり、よく見かけるおばさんたちの愛好会の踊りとは格が違う。まさに本格派。タトゥーをしていた時とは別人の色気とオーラが迸る。にわかに私は席を離れ、ステージの間近にカメラを構えて彼女を撮り始めた。彼女も途中で私に気がつき、ニコリと微笑んで踊りを続けた。どのくらい時間がたっただろうか。踊りが終わってふと会場の海側の端に目をやると、いつの間にか、赤い帽子のまりながポツンと一人椅子に座っている。よく見ればその前の地面にフリマの主催者で画家でもあるマオさんが座って、首を上げたり下げたりしながらまりなの肖像を描いているところだった。まりなのジャムを「是非このフリマに……」と呼んでくれたのもこのマオさんであった。まりなは私に気付き座ったまま、手を上げニコリと笑った。近づいてみると絵はあらかた出来上がっていて、荒いタッチながら赤い帽子を被った得意げなまりなが見事にそこに描き上げられていた。私は二人のためにコーヒーを買ってきて、

「今の右手の踊り子は僕らの隣の、あのタトゥーの娘さんだったよ」

と興奮気味に報告した。

「あっそうだったの」

まりなはあっさりと言う。本当にこういうことには恬淡な人である。ステージの前の広場では、ハワイアンバンドの後、一人の白装束の男が現れ、あやしげな芸を披露し始めていた。飲んだ灯油を吐き出しながら火をつける。宗教めいた荒業師のような踊りを踊る。古臭くてどことなく胡散臭い芸に鼻白む思いしか浮かばない。

「まりな、戻るか」

私たちはマオさんに礼を言って自分たちの売り場へと急いだ。

「ちょっと待って」

描いてもらったばかりの絵の巻物を手に、急がねばならないはずのまりなが竹細工のテント

の前に止まった。そこには竹の枝を上手に利用して様々なものが1点で支えられて風にゆらゆらとなびく不思議な作品が並んでいた。翁が一人川で釣りをしている。まりなが気にいっているのはそれであった。

「これ、いいよね」

「うーん、面白いねー」

まりなはこうした自然を生かした工芸品に目がないのだ。

「これ買おうか?」

「買う?　そうとう高いよ、場所もとるし」

「Kさんにどうかなと思ってさ……」

「なるほどKさんか……。それは喜ぶかもねぇ」

釣り好きなKさんを思い浮かべながら私は迷わず同意した。

まりなの大学退職とほぼ同時に、東京の私立大学に移動したKさんは、今では教授となり、大きな助成金を当てたこともあって、引退しているまりなを引き込んだ共同研究を続けていた。

Kさんは、教養課程の講義で出会う文学部の優れた女子学生を次々に一本釣りしてはその研究のデータ整理のアルバイトを頼んでいた。私たちの村のすぐ近くにはまりなの母親のジーンさんが勤めていた大学の臨海実験所があり、ジーンさんはそこの初代所長であった。Kさんはそこへ時々データ整理の仕事を持ち込み、その息抜きの時間に我が家を訪れる。もちろんこんな里山で私のイタリア料理を学生たちに食べさせる意外性を密かに自慢している節もあったが、私とて若いピチピチとした若者の到来を喜ばぬはずもなく、勢い料理の腕を振るうこととなった。そんな中に、一人のピカリと光るチャーミングな女子学生が居た。それが仏文専攻のかなちゃんだったのである。

大きな箱に入れてもらったその買い物を私が持ち、私たちは乱雑な人の流れを泳ぐようにして自分たちの場所に向かった。

フリマも終わりに近づいたというのに「里山のジャム」の幟の前には、再び人溜まりが出来ていた。若い二人が店番をしているといつもこうなるのである。遠目に見ていると二人がいかにも「まりなさん然」として「里山のジャム」を売っている。実際二人は、どのジャムの作り方を聞かれても、自分が作っているかのように淀みなく答えることができる。だから、人々はかなりの頻度で尋ねるのである。

「どちらの方がまりなさん？」

そのたびに二人は柔らかい笑顔の前で小さく手を振って否定する。質問に淀みなく答えながら、まりなでない……という事実に戸惑いながらも、知的で容姿端麗な二人の落ち着き払った態度に、お客もそれ以上の追求をしない。それどころか、さらに質問を重ねて聞いたからには……と、どれかのジャムを買おうとする。こうして、「まりなさんの里山のジャム」は、むしろ本人不在の時の方がよく売れる。強力助っ人の所以である。

「あっまりなさん……、お客さんが大勢待ってられますよ」

かなちゃんの声にテントの奥に目をやると、見慣れたメンバーが簡易椅子に座って談笑している。

「よく売れてますねえ」

私たちに気がついたゆうさんは、挨拶代わりに半ば冷やかすように笑顔で言った。彼女は50になったばかりの館山の隣町に住む陶芸家である。

「本当にすごいわね」

こちらは京子さん。彼女も隣町に住む私たちと同じ歳の老染色画家である。

「どうも、お久しぶりです」

慎ましく挨拶をするおとなしそうなこちらは、時にはほのぼのと、時には人生の深い陰影を思わせる絵を描かれる画家で、童話の絵本では、誰もが一度は目にしたことがある夢のある絵を描かれる人である。

「ほれ」

まりなはいきなり丸めて手にしていた画用紙を広げて皆の前に広げてみせた。これがまりな流の挨拶である。知らない人からすれば「折角来てあげたのに、ろくに礼も言わずいきなりそれか……」となるところだが、赤いつば広帽子を被りTシャツの上にジャラジャラと首から下げた色鮮やかな何本ものネックレスと、屈託のない笑顔を見てしまうと、誰もが一瞬にして拘りのない「まりなワールド」にひきこまれてしまうのだ。
「おっ、まりなさんだー。よく描けてるねー」

このところあちこちで賞を取りまくっている鋼彫刻家の早川さんもそんなまりなが大好きな人で、手にした缶ビールを突き出しながら満面に笑みをたたえて絵の出来栄えを褒めた。

この芸術家集団の人たちは皆、私たちが里山に移住してから出会った人たちであり、彼等自身もまたこの半島への先輩移住者である。普通都会からの移住者は旧来の村の外れなどに新たに用意された別荘地などに住み着くので、そこから始まる移住者の生活は村の古い共同体からはそこはかとなく離れたものとなる。初めはともかく、暫くすると半島の他所者は海に浮かぶブイのように広い半島の中に浮き出てしまい、互いの存在を遠くからでも認め合うこととなる。私たちの場合はまりなの母親であるジーンさんが開拓者で、その子供ということで初めから村のど真ん中の生活を許されたから、村人との交流は比較的豊かであった。それでも彼等芸術家と交流するようになったのは、まりなが彼等の個展などに積極的に出掛けたことがきっかけとなり、それからそれへと繋がりが広がったからである。

芸術家はうわべはともかく心の中には、互いの芸術への対抗心を持っている。そこへ行くと、まりなは畑違いの生物学者だから、それぞれの人が、何かの拍子にチラッと互いのそんな胸の内を漏らすことができるのである。そんな事情と、誰に対しても公平無私なまりなの元気印が相俟って、彼等の集まりにまりなが入ると、みんなどこか素直になり、お互い切磋琢磨して頑張ろうという前向きな気分になるようであった。だから私もまりなから「今日は誰それさんの個展を見に行くよ」と聞けば進んで車の運転を引き受け、芸術家との和やかな親交を里山生活の貴重なアクセントとして楽しんでいるのである。

「この間はどうも。みんな喜んでましたよ」

「あれは思いがけなく美味しい出来映えだったね」

ゆうさんの挨拶に私も思わず顔がほころぶ。「この間……」というのは2月の終わりに彼女の仕事場で、私たちを含む長年の友人たち10人程が集まり味噌作りをした際に、食事の担当を頼まれた私は、ゆうさんの陶芸の釜を利用してピザを作ったのである。高温釜で本格的に焼くのは初めてのことだったが、いつものオーブンで焼くものとは質の違うナポリの味を彷彿とするものとなった。それをみんなも大いに喜んでくれたのである。

「またお願いしますと皆さん言ってましたよ」

ゆうさんの言葉の抑揚にはいつもその人柄が滲み出る。みんな……と言いつつその抑揚によって、実は彼女自身のさり気ない次回への招待の気持ちが含まれている。押し付けのないとても気配りのきく頭の良い人なので、彼女の周りにたくさんの人が集まってくる。人柄ばかりでなくその作品がまた素晴らしいのである。私たちの使う食器も、コーヒーカップから始まってスパゲッティ皿、サラダ用の大きなお皿、花瓶などいつの間にか、「ゆうさん作」ばかりとなりつつあるのだ。

「まりなさん、ちょっと先の話になるんだけどさ、今度俺の個展を11月に東京の北千住にある芸術ホールでやることになったからさ、また見に来てよ。近づいたらまたハガキ出すけどさ」

早川さんはそう言いながら最近受賞した作品が載っているという雑誌をまりなに差し出した。

「北千住？　そんなとこに芸術ホールなんてあるの？」

まりなは雑誌を受け取りながら目を丸くした。

「まてまた、そんな差別発言しちゃダメだよ。今はね立派なものがあちこちにあるんだからさ」

早川さんは再び顔中に笑みをうかべてまりなを諭した。「差別発言」……散々苦しめられた言葉を久しぶりに聞いて、まりなと私は密かに顔を見合わせ苦笑した。

「まぁ是非来てよ。まりなさん来てくれたら周りがみんな嬉しくなるからさ」

早川さんは顎をしゃくり上げる独特の喋り方でまりなに念を押すと、

「それじゃ俺たちは今日はこれで……」

と仲間にもサインを送った。それを合図に立ち上がった芸術家たちは、店の前に出て好みのジャムをそれぞれ買い求め、賑やかに帰って行った。

早川さんの言う通り、里山の材料でジャムを作り、ゆうさんをはじめとするこの芸術家仲間との交流を楽しむときのまりなは、柔らかでたおやかで何より楽しそうである。これこそ長い人生の最後にやっと辿り着いたオアシスのようなものではないかと私は感じていた。

「まりなも里山の保存なんかに力を入れずに、この人たちとの穏やかな交流で満足してくれたら良いのになぁ」

芸術家たちを送り出しながら、私の胸にはまた、若者たちを引き込んで、寂れゆく里山を保存しようと意固地なまでに頑張るまりなへの危惧がもやもやと立ち昇るのであった。

この日結局「まりなさんの里山のジャム」は89個という記録的な売り上げとなった。我々はようやく肌寒くなってきた海風を受けながら朝と全く逆の片付けに取り掛かった。私が、昨夜長いままでも運ぶと言い張って喧嘩になった背の高い「まりなさんの里山のジャム」の幟を、つなぎのひと節ずつ抜き取って片付けていると、まりなはそっと耳元で、

「それ上手くいったね」

と嬉しそうに言ってくれた。

「さぁ、帰りはインドカレー」

「食べましょ食べましょインドカレー」

たくさんの人に買ってもらった嬉しさで私たちはうきうきと帰りの食事を頭に浮かべながら手間の掛かる片付けに精を出した。その間、お隣のタトゥーの娘二人も戻ってきて簡単な店の片付けを始めていた。私は踊り子だった方の娘に声をかけ、

「君の踊りがあまりに素晴らしかったんで、たくさん写真を撮らせてもらいました」

と半ば恐縮しながら伝えたのだった。すると彼女は意外にも、

「有難うございます。私、自分の踊る姿を撮ってもらったことないんで……」

「いつも踊ってるのに？」

「人前で踊ったの初めてなんです」

「えっ初めて？」驚く私に彼女が話してくれた話は思いがけないものだった。ウクレレの音に惹かれて練習を聞いていたら、踊り手が一人足りないのだけど、あなた踊らないかとウクレレを弾くマスターに誘われたのだという。フラダンスを習い初めて３年、チャンスがあったら人前で踊ってみたいと思っていた彼女も渡りに船と承諾したとのこと。タトゥーのために身につけていた目を惹く衣装もフラダンスの練習用のものだったんですと彼女は嬉しそうに話してくれた。

「それなら出来上がった写真は必ずアルバムにして送ってあげますよ」

こうして、彼女たちのアドレスを手に別れを告げた私たちは、ほんの一坪程の芝生に戻った「我らが戦いの場」に不思議な愛おしさを覚えながら、会場を後にしたのだった。

他では味わえない楽しいフリマの一日はこうして終わった。

第3章

人間として……

まりなが教授として過ごした最後の3年間には、実はそれを待っていたかのような大きな出来事が起きていたのである。苛めに苛められてなった教授ではあったが、驚くべきことにそれは、大学の所属学部の50年の歴史の中で、わずか2人目の女性教授の誕生でもあったのである。そしてその希少なる女性教授は、２年としないうちに、その存在意義を遺憾なく発揮することとなった。一人の女子学生のAさんが学部選出の女性問題委員会の委員であり、セクハラ相談窓口の相談員も兼ねていたまりなに、

「研究室の指導教官からセクハラを受けています」

と訴え出たのである。こうしてAさんの訴えに当初から関わることになったまりなは、この後この訴えの行く末に余人をもって代え難い役割を果たすことになる。先ず学部教授会との闘いからして困難を極めたのである。何しろ女性教授はまりな一人だけなのだから、「そんなのがセクハラなら研究指導などできないじゃないか」……など当初は訴えにまともに向き合おうとしない空気が大勢を占めていた。しかしその時の学部長が同じ大学の出身者で愛学精神に燃えていたこともあり、まりなの役割の強力な理解者として指導力を発揮し、訴えは正式に受理される運びとなった。風向きが一変した学部教授会は、セクハラ委員会のただ一人の女性委員としてのまりなにAさんの精神的ケアの役割と、要所要所でのAさんの相談相手を託したのである。更に諮問された学科調査委員会からは、Aさんが訴えの中で、当該教官Bの過去のセクハラ行為についても言及していたことと、学科調査委員にもBのセクハラ行為が長期的かつ意

識的、分散的性格を持つことが噂などを通して広く認識されていたこともあり、被害の実態を捉えるためには特定の人物から個別に聴く前に、まずは、関係する複数の人間からセクハラ行為の全容をアンケートを通して聞き取り調査をする必要があるとの方向が打ち出された。そして、被害者から被害状況を聞き取る役割は女性であることが望ましく、かつアンケート協力者のプライバシーを守るためにも窓口は小さくする方が良いとの考えから、アンケートの原案の作成から聞き取り調査の実施まですべてが、まりな一人に任されることになった。アンケートの設問には、全学セクハラガイドラインに挙げられた事例を参考にし、それらに表されていないものを収録するために、設問ごとに自由書き込み欄が設けられた。対象者としては当該教官Bの人権に配慮して、できるだけ狭く限定することが望ましいとの考え方から、当該研究室の卒業生のうち、セクハラの直接的被害者と、何らかの情報を有していると考えられる幾人かの卒業生に絞られた。

　結果は目覚ましいものとなった。まりなという適任者を得て、長年にわたるセクハラの被害者たちは、自分たちの今を危うくしかねないBの報復を恐れて躊躇しながらも、今協力しなければこれからの学生たちにも同じ苦しみを味わわせることになると、思い出したくない事実を次々に吐露したのである。そうした経過の中から一人の女子卒業生Cがもっとも深刻な言い逃れの出来ないセクハラ行為を受けた事実が当時被害の相談に乗っていた同じ研究室の学生の証言から浮かび上がってきた。しかし当の本人は精神状態が不安定ということでアンケートからは除外されていたのである。そういう成り行きの中で、当事案を審査していた全学委員会はBのセクハラ行為を認定する上で、C自身の証言による裏付けが不可欠であるとの認識に達し、その聞き取りの役割もまたまりなに求めてきたのである。Cは卒業研究を始めて間もなくの頃、まりなを名指しで研究室に訪ねてきて「Bが私に迫ってきて困る」という主旨の相談を持ち掛けてきた経緯もあり、彼女はこの役も引き受けることとなった。今は関西から遠く地方都市に暮らすCを訪ねたまりなは、ホテルに同宿して、Cを焦らせたり精神的負担をかけないよう近くを散歩したり食事をしたりしながら、数日の時間をかけて慎重に事を運んだ。そうした時間の流れはCの精神を集中させ、まりなが用意した質問書に淀みなく答えるようになった。そしてそこからBの反論を覆し、セクハラ認定の核心となる重大な事実が次々と浮かび上がったのである。

「あの時は本当に辛かったんです。でも楽しくもありました。まりな先生は、私が質問の答えを文書にまとめている間、ベッドに横になって本を読んでられたんです。私はそのお姿を見て、この人なら私たちのために最後まで闘ってくれる……って心から信じられたんです」

Cさん自身がずっと後になって語った言葉である。

こうした経緯を経て、訴えから1年10カ月後、大学評議会内に設けられた教員の処分にかかわる委員会の膨大な事実認定の数々で構成された最終報告書と共に学内調査が終了し、その年の11月、大学評議会は、Bの懲戒免職という最も厳しい裁断を下したのである。当時セクハラが当事者の懲戒免職にまで至ることは稀なことであったから、まりなの存在が如何に大きな力になったかを物語るものであった。しかし当のまりなは、この裁断が下される二カ月前にあっさりと大学を去り、この里山へと移住したのである。

しかし関係者の安堵も束の間、年が明けると直ぐに、事態がそれで終わりでなかったことが判明する。Bが処分取消訴訟を起こしたからだ。当然まりなはこの裁判にも深く関わることになった。とはいえ、今度は関西から遠く足の不便な千葉の里山からの関わりである。しかも今回は法廷での裁判である。それでもまりなは足代を自弁しながら被害者たちと何度となく会合を開き、法廷には陳述書を提出し、その中で、原告Bとの関係やセクハラ行為の悪質性やあるいはセクハラが明るみに出る前と後を通して、Bの被害者である教え子たちから、ただ一人の女性教官として折に触れてさまざまな相談を受けていた経過を詳細に記述したのである。特に訴えが出た後に実施されたアンケートに関わる被害者たちとのやり取りは、被害者たちの気持ちを大切にしながら、事実の説得力が損なわれないように予断を排し慎重を極めてなされたことが見事な文章に纏められていた。

それにもかかわらず証言台に立ったまりなは、その詳細な陳述書ゆえに、原告弁護士の厳しい尋問攻めに遭うことになる。原告弁護士は、詳細な記述の中から、僅かな矛盾を浮かび上がらせ、まりなの被害者支援の陰にBへの個人的憎しみや、助教授であるBへ教授としてのいわゆるパワハラがあったのではないかという心証を持たせようと執拗に迫ったのである。

これに対してまりなは冷静に答えた後、

「最後に私の心情を言うことはできますか？」

と裁判官に許可を求めた上で次のように尋問への補足をのべたのである。

「言いたい理由は、私がBへの憎しみに駆られて本件に関する行動をしているように誤解されているらしいことを感じるからです。私はBのセクハラ行動は憎んでいますがBそのものを憎んではいません。むしろ自分の教え子に対する愛情の欠片も感じられないことを情けなく感じており、そのことを一人の人間としてBに伝えたいという気持ちがあります。もちろんこのメッセージはBには届かないでしょうが被害女性たちには多少の慰めになるのではないかと思うのです。伝えたい事は自分の教え子たちに対し最低限で良いから愛着を持ってあげてほしいこと。そのためには彼女らの声に耳を貸し、自分の行為を多少なりとも反省してほしいこと。そしてこれ以上彼女たちを苦しめないでほしいこと。できれば彼女たちに謝罪し裁判を打ち切ってほしいことです」

この時のことを被害者の一人として傍聴していたDさんも、ずっと後になって次のように話している。

「大学に在籍していた頃、私はまりな先生とお話ししたことは一度もありませんでした。でもその存在を知らない人はなく、一度駅から大学へ向かっていたら、私の先をまりな先生が素敵なロングのギャザースカートをなびかせて颯爽と歩いておられるのに出会いました。綺麗で格好の良い方と思ったことを今も鮮明に覚えています。

次にまりな先生にお会いしたのが裁判の時でした。Aさんが頑張れたのは先生の存在があったからと思います。まりな先生の証言の日、今でも心に残っている言葉があります。原告の弁護士がまりな先生が原告に〝教授として〟の権力を振るったのではないかという心象を与えようとしつこく尋問した時のことでした。その時のまりな先生の答えが、〝ひとりの人間として〟というものでした。立場が上だとか、大学人としてとか、経験が長いからとか、そんな理由ではなく、〝ひとりの人間として当然のことをしたまで〟という答えでした。あの時、追及する弁護士も明らかな戸惑いをみせたことを私ははっきりと覚えています。大げさではなくあの瞬間、これでこの裁判には勝てるとさえ感じました。あの時から、『私もああでありたい、あろう』と思っています。ご著書とか研究者としてのまなざしとか、フェミニストであられることとか、もちろんまりな先生の素敵なところではあるのですが、私にとってはあの時のまりな先生の〝ひと言〟が一番心に残るものです」

こうして長きにわたって多数の被害者を苦しめた原告による数々の行為は、自らが起こした処分取消訴訟裁判において明確にセクハラ行為として認定され、原告の請求は棄却されたのであった。しかしこの簡単な結果を得るために関係者によって費やされたエネルギーは膨大としか言いようのないものであった。たとえ明白な犯罪事実があっても、それを否認する人間を社会的に制裁するいうことは想像を超えて大変なことであった。ましてやそれがセクハラというような犯罪の場合、社会制度そのものが無意識のうちに男中心に出来上がっているのだから、それが被害者たる女性たちに強いる忍耐と苦痛は計り知れないものがある。今回の原告による裁判はまさにそのような苦痛を女性たちに強いる典型をなしていたと言っても過言ではなかった。結審した年の秋、被害者の女子卒業生たちがＢに対する「損害賠償請求裁判」を起こしたのも、そのような辛酸をなめた被害者たちの止むに止まれぬ思いからのことであったと思われる。

この裁判にも一年を要することになるのだが、既に大学を辞め自由な立場になっていたまりなは、今度もまた、はるばるこの里山の遠地から、幾度となく被害者を励ますべく足を運ぶこととなった。全ては手弁当による加勢であった。

もちろんたとえ今は自由な立場とはいえ、その発端において当事者の訴えを可能な限り公平無私な立場で受け取らなければならない役割を担った者としては、このような裁判に肩入れすることには慎重でなければならないことであった。実際、被害者の女性の一人の言葉通り、「公平無私」というまりなの身に深く根付いた生き様がこの裁判を被害者の勝利に導く上で大きな力となったことは確かなことであった。

しかしまりながその役割を果たす中で目の当たりにした裁判は、女性被害者にとってあまりにも残酷なものであった。セクハラ加害者の権利という法律論理ばかりが重視され、「命を預かる女性性」が「研究の場」という中で受ける「セクハラ行為」によってどれほど深く、言葉にもしづらい微妙な負荷をうけることになるのかについての裁判所の理解と配慮があまりにもなさすぎたのである。まりなにとってそれはまさに「分析論理に乗りやすく業績の上がりやすいＤＮＡを〝第一義的生命〟として重視するあまり、言葉にもしづらい微妙な生命の営みを黙々と引き受ける〝細胞〟を単なるＤＮＡの入れ物にすぎない〝二義的な生命〟として軽視してしまう」男たちのありようとぴたりと重なる光景であった。

この男社会の不公平に対してまりなは敢然として立ち向かい、「証言に立つセクハラ被害者への思いを致した判決を！」と題する長い意見書を裁判所に提出し、一連のセクハラ裁判における裁判所の裁判指揮を痛烈に批判しつつ、女性被害者への深い理解と配慮を強く要望したのである。それは一見、まりなの血肉である「公平無私」の立場をかなぐり捨てたかと思わせるほどの激烈な調子の意見書であった。しかしまりなをそこまで突き動かしたものは「裁判所は加害者にも反論する権利があるという形式的な男社会の論理に甘んじることなく、セクハラを訴えでた女性被害者の単純な論理では片付かない女性性がもつ微妙な立場をもっと深く理解し、その上で両性へのバランスのとれた裁判指揮を貫くべきである」という裁判所への心の底からの希求であった。それは「公平無私」をかなぐり捨てるどころか、「人間としての公平無私」を公権力に向かっても、たじろぐことなく主張するまりなの揺るぎない信念の吐露にほかならなかったのである。

生物学の著作に於ける時と同様、まりなはこの激烈な意見書においても、常に具体的な事実を指し示すことを忘れず、地に足をつけた形での問題のありようを詳細に指摘している。とくに「理学研究室における指導教官と院生、学生の関係について」と題する項目においては、世に知られにくい研究現場におけるセクハラという行為のもつ深刻な意味を、まりなは次のように論じたのである。

「一般に理学研究室における指導の態様は芸術における指導の態様と比較してもらえると分かりやすいと思います。例えばピアノの指導者はその演奏技術を生徒に伝授するだけでなく生徒の才能やセンスを見抜き生徒ごとにその実態に沿った指導をしているはずです。理学研究室における指導も特殊な技術の伝達と同時に学問ごとの論理の運びの上手下手や問題設定のセンスなどを見極めながら学生一人ひとりにあった指導が求められます。こうした指導の内容は高度に専門的であるため学生はしばらくの間は指導教官にべったり頼って成長しなければなりません。したがってこのような時期に指導教官から〝お前は学問に向いていない〟とか〝お前は能力がない〟と言われることは研究者としての意識に致命的な傷を残す可能性が極めて高いと言えます。セクハラ行為そのものも研究者として成長しようとする人間の尊厳を傷つけることによって研究者としての心の深いところに傷を残します。また学生に対する指導教官の影響力はこのような精神的なものばかりではなく就職の斡旋や他の同分野の研究者の前での個人的評価など社会的なものにも直接及んできます。セクハラの被害者がセクハラ行為を毅然として拒否しにくい理由の一端は学生と指導教官のこうした全人的な関わりが一挙に想起されることにあると思われます。指導教官からセクハラを受けた当初の被害女性たちは程度の差はあれ当該教官に対して一様に無防備でありました。心を開いていなければ教えを受けることはできないからです。彼女たちが指導教官の行為をセクハラと認識するまでに時間がかかったのはこのためです。自分を育ててくれるはずの人がまさか自分の人権を踏みにじり自分をセックスの対象としか見ていないなどと誰が考えられるでしょうか。そのギャップを思い知らされるまでの過程とそれを受け入れざるを得なくなった時の彼女たちのショックと恐怖と心の冷えはいかばかりかと同情に堪えません。

さらなる犠牲者を出さないために、あえて教師であり加害者である被告に対面し、氏名や顔やプライバシーを公衆にさらしてまでも証言台に立つという、最大のハードルを越える決心をした彼女たちの勇気と犠牲的精神に対する社会的保障が、裁判所によるやられっぱなしの二次、三次被害と言うのであればあまりにも貧しく、悲しく、申し訳ないことに思われます」

そしてこの長い意見書をまりなは「どうか証言した被害者に思いを致した判決をお願いいたします」という言葉で結んだのである。

しかし、まりなのこうした被害女子学生たちへの切々とした思いにもかかわらず、平成16年の秋、裁判所は「原告の企てた処分取消訴訟の悪質性とそれを許した裁判所の訴訟指揮の甘さ」を訴えた女性被害者による「賠償請求控訴」を「請求棄却」の判決をもってあっさりと退けたのであった。

第4章　ただ一つの贈り物

「ほら見てごらん、あの山の上にお城が見えてるよ」

まりなは相変わらずはしゃぐでもなく普段通りの笑顔で子供たちに車窓に差し掛かる美しい風景の説明をしてやっている。母親の皐《さつき》も車窓に流れる風景とまりなの説明に、子供たち以上にうきうきと楽しげである。私もその喜ぶ姿を見てこの上なく幸せだった。

「バーバ、見てみて。あんな大きなお船……」

「そう、あれはライン下りっていってね、船で見て歩いている人たち」

「なんや、平べったい船やな」

「おお崇《たかし》、いいところに気がついたね。海と違って、川底が浅いからね、あーやって、平べったく底の浅い船にするんだよ」

「バーバ、乗ったことあるん？」

「ばあばはね、前の時もここから見ただけだよ」

「あれ。今度のは人が乗ってないで」

「あれはね、お荷物を運んでいる船。ここではね、日本と違って川が平らな所をゆっくり流れているから、川を使っていろんなものをお船で運ぶんだよ」

フランクフルトからシュトゥットガルトへのライン沿いは眺めが素晴らしい。25年前に1年間滞在したナポリから3カ月にわたって欧州を旅した時も、まりなとなんども堪能したもので、今度の旅の話が始まった瞬間から、皐や子供たちにも是非同じ経験をさせてやりたいと願ってきたことだった。しかしユーレイルパスで好き放題に旅した当時と違って、6人が揃って座れる座席は空いておらず、子供たちは、ゆったりと座り素晴らしい車窓を眺めるどころか、狭い車の継ぎ目に立って疲れた顔をしてつまらなそうにしている。私は何とかならないかと焦るが何ともならない。旅は出鼻から私もしょんぼりするほかなかった。ところが、たまたま通り掛かった立派な風体の老人が私たちの様子を見渡した後、まりなに何事か小声で話しかけてきた。まりなはぱっと明るい笑顔になって、老人にかるく礼を返しながら子供たちに言った。

「食堂車に行くといいってよ」

こうして私たちは食堂車の止まり木風の高い椅子にありつき、大きなテーブルを囲んで思い思いの飲み物を飲みながら、大きな窓の外を流れる風景をゆったりと楽しむことになったのである。

これまでの外国旅行でも想定外の状況には度々遭遇してきたが、不思議なもので、英語に不自由しないまりなとさえいれば、今の老人のような人物は至る所で現れるのだ。大抵の困難はたちまち楽しいハプニングに早変わりする。

そういう次第で、こんどのこの5月の連休の1週間の旅程もすべて旅行社を通さず、私一人でネットによって作り上げたものであった。しかしまりなと2人で臨機応変に立ち回れたこれまでとは違い今回は、9歳の那央《なお》、5歳の崇、3歳のみゆきと幼い子供が3人も居て不測の事態に備えておかねばならなかった。要所要所での日本人対応の医療施設の確認やそこに連絡するための携帯電話、水当たりを避けるための湯沸かし器具なども周到に用意しなければならなかった。勿論時間の無駄を最小限にするためにレンタカーの予約やその乗り捨て場所から駅までの移動時間などもすべて確かめておかなければならなかった。幸いなことに、ドイツはそういうことをネットだけで確認できる稀なる国であった。

皐は私の教え子であった。多感な小学生の時に父親を失くして以来、母親一人に育てられ、複雑な性格の高校生に育っていた。予備校で数学を教えていた私は、そんな皐と夕方5時から始まる現役高校生の為の講習会で出会ったのである。

授業中、問題を解かせている間、生徒の理解度を確かめながらゆっくりと机の間を歩いていた私を、腰のあたりを鉛筆でつついて呼び止める者がいた。

「先生の数学は学校で習うのと全然違う。どちらを信じればいいのですか？」

立ち止まった私に差し出されたノートの端にはそう走り書きされていた。それから数日後、私の本科の授業が長引き、教室の前には夕刻からの高校生たちが騒がしく集まっていた。その時だった。「まだ終わらないのか」と催促するように入り口のドアのすりガラスに鼻を上向きに押し付けている者がいた。それもあのノートの生徒だった。

「まりな、講習会にね、高校生の頃の君みたいにめちゃくちゃ元気な娘っ子がいてね、声まで君と同じハスキーなんだよ」

「あなたの女の子の話はいつも声から始まるのね」

こうしてひとりの型破りな娘が子供のいない私たち2人の空間に入りこんできたのである。ねじれてはいたが元気でチャーミングなこの少女は、看護大学入学後も学資援助までする特別な教え子となり、結婚式では腕を組んでバージンロードを歩き、その3人の子供たちとは皆ガラスケースでまだ名前さえ決まっていなかった瞬間から付き合うこととなった。真ん中の男の子には崇という名前の命名者にさえなった。


「まりなさんとじいじがシュトゥットガルトに行ったのはいつの頃?」

皐はこれから行くところが楽しみでしょうがないらしい。まりなは相変わらず子供たちの矢継ぎ早の質問に一つ一つ実に気長に相手をしている。お陰でその間は大人は大人の話ができる。皐もようやく車窓にも慣れて、子供をまりなに任せて私に話を向けてきた。

「25年も前のことだからね。まだ共産圏というものがあった頃の話だよ」

「そんなに昔なの? どんな街?」

「天国みたいに明るい街……といっても、これには長い説明が要るけどね」

「へーそんなにいいところ。聞きたい」

「ナポリを7月に出て3カ月間ヨーロッパを回ったときの話でね」

私は忘れもしない稀有な体験を話し始めた。

「ウィーンを見て回った後にさ、この機会に共産圏というものを見てみたいねという話になってさ。まりなが奔走してくれて、チェコのプラハに入れることになり、早速、電車で向かったんだ。そしたら国境で検問があって洗いざらい荷物を調べられてね。持っていたラジオの番号を書き取って、これは必ず持ち帰ることと命じられたんだ」

「ラジオを？　なんでラジオなの？」

いつの間にか那央が私たちの話に耳を傾けていた。

「そう。僕もその時はなんでと思ったよ。しかし後から思うとその瞬間からこれから訪ねる別世界が始まっていたんだ」

「へー楽しみな話ね」

好奇心の強いところは皐とまりなはいい勝負なのだ。

「プラハに着いた途端〝インフォメーション〟と〝チェンジマネー？〟と言い続ける私服の男にぴったりくっつかれてね。振り切って駅のインフォメーションと書かれた窓口で宿の手配を頼んだ。そしたら3日間分のホテルの食事代としてクーポン券というのを買わされてさ、ハイ次の方みたいに放り出されたから、待ってください、どうやってこの宿に行けばいいのかもわからないし、その前にこの大きな荷物は駅に預けてからにしたいのだけど……と慌てて聞いたんだ」

「何語で？」と皐がきいた。

「英語だよ。質問してるのは僕だけど、正確に聞き取ってくれるのはいつもばあば」

「ジージはいつもバーバに助けてもらっているんやな」

さすがに生まれた時からの付き合いの那央だった。鋭いことを言ってケラケラと笑った。私もその通りだよと答えて一緒に笑った。

「そしたらその窓口の女の人が指差したのがホームからつきっきりのあのインフォメーションとチェンジマネーしか言わない男さ。結局その男に長い列になっている荷物預かりにも並ばずにすぐに預けてもらい、ドルをチェコのお金にしてもらい、駅前のタクシーに案内されチップもとられた。なんのことはない公も私もみんなグルになってやってるらしいんだ」

「何、コウモシモって？」

「公共のお仕事している人と個人で仕事をしている人が裏で繫がってやってるってこと」

皐が大人の話を聞き続ける那央に説明した。

「10分ぐらいでホテルについて、やれやれとベッドに体を投げ出して早速頭の上のラジオを入れてみたの。そしたらダイヤル式なのにダイヤルが動かない」

「壊れてたの？」

那央が訝しげにきく。

「いや、一局しか聴けなくしてあるの。それで国境の検閲の意味が判ったのさ。市民の手にラジオが自由に渡らないようにしてるんだね。なんだかなぁと二人して物悲しくなって、周辺でも見てみようかと外に出たらさ、なんと通りの向こうが緑いっぱいの大きな公園。広い門を中に入るともう夕方だったから薄暗くて鬱蒼と森が広がっていて凄く薄気味悪いの。恐る恐る歩いて行くと行く手の引っ込み線に市電の車両みたいなものが停まっていてさ、通り過ぎながら中を見て驚いたね。真っ暗な中に乗客が沢山座ってるの」

「発車を待っていたのかな？」

「うーん。今思い出しても理解を超えた光景だったね。それで公園もそそくさと退散して通りに戻ったの。両側に高い石造りの建物が整然と並んだ幅広い市電道路の歩道はろくに街灯もなくて人影もない。ただただ暗いばかりさ。それでも時々ガラスのウインドウに品物らしいものが並べられてあったりする。立ち止まってよく見ると埃が溜まった粗末な白いシーツが階段状の棚に敷かれていて、その上に中古品みたいな靴やカバンが三、四個並んでいるだけ。もう悪い夢を見ているような気分がしてきて、好奇心の強いまりなでさえ、寒いから戻ろうと言い出す始末さ。這々の体でホテルに戻ってみたら、それこそ別世界。室内は明るい光が満ち溢れ、何処からともなく賑やかな音楽まで聞こえてくる。食堂を探したらなんとそこで生演奏がやられている。席に座ると直ぐに、白い服を着た品の良さそうなおじさんが来て、愛想よく注文を聞いてくれた。ワインも飲み、民族音楽らしい生の演奏を聴き、ロシア料理のようなものを食べて、まぁ美味しかったねとまりなとほっと一息ついて、音楽もたっぷり聴いたし〝やれ部屋に戻るか……〟と勘定を頼むと、くだんのおじさんがまたまた愛想よくやって来てさ、まりなの差し出した手のひらのクーポン券を『マダーム』とか言いながら一つ一つ指で受け取りながら、とうとう全部取ってしまったんだ」

「駅で貰ったクーポン券、3日分だったよね」

皐はよく覚えていた。

「そう、3日分、だからまりなもすぐに確かめたよ。そしたらそのおじさん、ノーノーと顔の前で指を左右にしながら、あなた方、演奏を聴いたでしょってニッコリ笑いやがるの。それで頭にきて、勝手に食堂で演奏してたんだから、聴くしかないじゃないかと食ってかかったんだ。そしたら〝ここは食堂じゃない。ホテルの食堂はあっちです〟と、廊下まで出て指差された方向に見えたのは、薄暗い倉庫みたいな小さな部屋。参ったねー」

「それでクーポン券無くなっても大丈夫だったの？」

「ドル札は万能。向こうはとにかくドルが欲しかったみたい。それからの三日間、我々に友好的に話しかけてくれる人は、チェンジ、マネー？と言い寄ってくる人だけ。何をするにも行列に並ばなくてはならないし、夕方になると街灯も灯らない暗い道ばかりで旅行書も読めない、見えるものは光で照らされた高く聳えるロマーノフ王朝のお城だけ。共産主義の国なのになんで唯一の見世物が封建時代の遺物なの？　とまりなと二人困り果てた3日目の朝、たまたま日本大使館の前に差し掛かったの。

よし、もうこうなったら仕方ない。恥を忍んで、一体全体チェコってどうして共産主義になったのか大使館の人に聞いてこようと中を訪ねて行ったんだ」

「凄いこと思いついたんだね」皐は可笑しそうに顔をゆがめた。

「それでなんて教えてくれたの？」

「受付にチェコ人とおぼしき超美人のお嬢さんが座っていてね、冷たく一言、ここは日本大使館、日本のことを教えるところです……と」

「そらそうやわ」

漫才の好きな大阪人の皐はけらけらと笑った。

「仕方なく当てもなく歩いて行ったら珍しく人が集まっている広場が見えてきてね。丁度日曜日だし、何かあるのかもしれないと近づいてみたけど別に何かが行われている様子もない。でもみんな静かに何かを待っているような雰囲気。腕時計を見たら丁度12時前。

『お腹空いたね』

『私はまだ大丈夫だけどどこか探す？』

『よしそうしよう』

とようやくしっかりした目的が出来て、まりなと人々の中をかき分けるようにして歩き出したの。その時突然、上の方から大きな音がしだしてさ。見上げると塔の上にある時計台に沢山の人形が現れてガチャガチャと音を出し始めている」

「うおー凄い」

「12時の時報だったんだね。その頃の日本にはまだそんなもの滅多にないから、二人して暫く立ちつくして見ていたらガチャコンという音と共に呆気なく扉がしまって終わってしまった」

「へぇ手が込んでいるね」

「まりなは両手をコートのポケットに突っ込んだいつものポーズで塔を見上げて感心し続けていた。ところが、ふと気がつくとあたりの人たちがみんな黙々と下を向いて広場を後にし始めているんだ」

「えっ、それじゃその時計台のお昼を見に来ていたってわけ?」

「そうだったんだね」

「なんだか可哀想な話」皐もしかめ顔で聞いている。

「そうだろう、僕たちも同じさ。それから物悲しい気分で食べるところを探したよ。でも見つからない。そうしてまたまた長い行列に行き当たってさ。どうやら喫茶店に入るために並んでいるらしいと分かって僕らも並んだよ。1時間くらい」

「1時間……喫茶店に入るのに?」

皐は目を丸くして聞き返した。

「それでやっと4人席のボックスに着いたらなんと若いカップルとの向かい合った相席。折角こんなに苦労してロマンティックなデートの場所を手に入れて、それで、こんな中年のおじさんおばさんと相席なの……。そう思ったら気の毒で涙が出そうになった。落ち着いてなんか居られなくて、コーヒーを飲んでそそくさと出たよ」

「食事は？」

那央は変わった少女で小学生のくせに窓の外のまりなの説明と私の話の両方に耳を傾けている。

「結局、食べるものにはありつけなかった」

「かわいそう」

那央は屈託無く笑った。

「ウィーンで買ったチョコレートがあったからそれを食べながらあちこち歩き回って、結局ホテルみたいなところで5時から開かれるという食堂の順番待ちの券をもらって、ロビーでまた飲み物を飲んで待つことになった。

〝まぁとにかく食事にはありつけたから良しとしなくっちゃね〟と自分たちを励ましながら、プラハの春……の後の人々の姿についてあれこれとまりなと感想を述べあっていたの。そしてふと気がつくとさ。同じように食事待ちと思っていたあたりの人たちが居なくなってる。時計を見たらまだ4時半。嫌な予感に襲われながらさっき券をもらったところに行ってみたら、なんと手にお盆を持った人が入り口の外までズラーッと並んでる。よく見るとお盆の上にはみんなパンが一つ二つ載ってる。お腹ぺこぺこだし、キョロキョロとどこでパンが手に入るんだろうと見渡すと、店の中にパンの入った大きな箱みたいなのが見えた。

『私とってくるわ』とまりなは中に入って、自分に一つと僕に三つ取ってきた。そして行列も短くなり店の中に並ぶようになったら、みんなに配られるものがパスタとなんか粗末な炒めもの。しかしパスタの量が半端じゃなくて、日本人には多すぎる。それじゃこんなにパンは要らないなと思って皿の上のパンを一つ箱に戻したの。そしたらみんなのお皿にパスタを載せていた太ったおばさんが〝何をしてるんだ〟と言うように、手にしたトングを僕に向けて、物凄い勢いで怒鳴ってきた。

ナポリでは客に出した手付かずに終わったパンを店員がぽんぽんとパン入れの箱に戻すのをいつも見ていたから、そのつもりで何気なくやったんだけど、それがここでは御法度だったんだね。しかしおばさんと他の人々の視線にはそれだけでないものがあると僕らは感じていたんだ。〝なんで東洋人がこんなところまで我々の惨状を見にくるんだ……〟というそんな苛立ち。それは滞在中至る所で感じさせられたことだったからね。そんなこんなで僕たちは這々の体で夕食もそこそこにプラハの駅に舞い戻った。シュトゥットガルトへ向かう汽車の時間は真夜中の12時。預けてあった大きな荷物をそれぞれ持ってまりなと僕は出発までの5時間を前に途方にくれた。訪ねた場所でやることがなくなるというのは初めてのことだったからね。そして僕たちはまたまた思いもかけない光景に出くわすことになったんだ」

「まだ何かあったの？」呆れたように皐は聞いた。

「ガイドブックに駅の近くに国際ホテルというのがあると書いてあるのを見つけて、ゴロゴロと荷物を引っ張って行くと、古風な風格のあるそれらしいホテルがすぐに見つかった。中に入ると正に別世界。アメリカのタバコもチョコレートもウイスキーもふんだんに売っている。レストランもウィーンと変わらず、メニューも、いろいろ豊富にある。広いロビーは天井から何から、ロココ風の調度品で固められている。そこに沢山並べられた革張りの立派なソファーの一つに身を沈めて、やれやれと途方にくれた1日を思い返しながら、ナッツとビールをとって味わった。見るともなく周りを眺めながら、プラハで初めてありついたビールを傾けていると、あっちにもこっちにも一見してアラブの金持ちと判る男たちが座っている。まりなは早速明日から訪ねるシュトゥットガルトの英文の案内書を出して街の歴史などを熱心に勉強しはじめていたけど、僕はひたすら、そんな怪しげな雰囲気の周囲を観察し続けたの。そのうち目の前の男の所に若い美女がやってきて、和やかに挨拶を交わして座った。視線を巡らすと、どの席も同じようなことになっている。

『まりな、まりな、見てよ。あっちもこっちも凄い美人がやって来たよ』

まりなは顔を上げてざっと見渡し〝そうかね〟と大した関心も見せずにすぐにまた案内書に視線を戻した。だけど僕はもう落ち着かない。どうみても怪しい。そんな思いで見ていると、果たしてどの席の男たちもまるで順序でも決まっているようにあっちまたこっちと席を立ち出口へと向かい始めた。美人たちも少し遅れてそれに続いて出口に並んで消えていく。そうやってあっという間に皆居なくなったんだ」

「一体何だったの？」

「娼婦だね。アラブの成金と高級娼婦の出会いの場所だと直感したね」

「あらま……」

子供に聞かせる話ではないと皐はおどけながら那央を見たが、幸い那央は長い話に飽きてまりなの車窓の説明に耳を傾けていた。

「このロビーで3時間、駅舎で2時間、疲れ果てて乗り込んだ汽車は定刻通り真っ暗なプラハを走り出した。どのくらい経ったのか、広いコンパートメントの我々二人は、突然騒々しい音と太い声で叩き起こされた。見るとまたまた国境の警備隊みたいなのが立っていて、荷物を検査すると、荒っぽくカバンを開け、椅子の下の開きを開けて調べ始めた。そして旅券を見て自分たちの書類と見比べて、〝レイディオ、レイディオ〟と言うので荷物の片隅から取り出すと入念に番号を確かめてから、フンと言うようにぞんざいに突き返して、最後にチェコの紙幣を持っているかと聞かれた。残っていた何枚かを差し出すと、さっと取り上げて代わりに大きな硬貨を一枚くれて、〝スーベニール〟と言い残して出て行った。開けた座席の下の戸も、調べたカバンも全部開けっぱなし。あぁこれが官僚支配の共産圏というものか……。初めて見たあまりにも違う世界に、二人とも寒々とした気持ちで真っ暗な車窓を見つめ続けていた。そしていつの間にか眠ってしまってさぁー。目が覚めたらね……」

「シュトゥットガルトだぁ、自由世界だぁ天国だぁ」

「ジージ。何言ってるのそれ。みんな見てるやんかぁ。やめてよー」

着いたばかりのホームを私のと同じくらいの大きな旅行カバンを身体ごと斜めにして押している崇と並んで歩きながら、私は大きな声であの時と同じセリフを芝居っ気タップリに叫んだ。すぐ後ろをこれまた大きなカバンを引っ張りながら歩く那央が、笑いながら私を咎めた。

「20年前にじいじはね、このホームを歩きながら、こうやって叫んだんだよ」

「じいじは感激屋だからね。でもあの時の気持ちは、ばあばも本当に叫びたいような感じだったよ」

那央と並んで、カバンの代わりにみゆきの手を引いて歩いているまりなは珍しく子供たちの前で私の言うことを後押ししてくれた。

駅舎の前に広がるシュトゥットガルトの街は以前よりはるかに人の溢れる大都市に変貌していた。それでも一瞬にしてぱっと気分を明るくする透明な雰囲気だけは変わっていなかった。しかしそんな2人で自由に動き回った時の感慨はともかく、今は大きなごろごろ荷物と幼児を含む３人の子供とその母親を一刻も早くホテルに運び込まなくてはならない。

生憎、ドイツのタクシーは特別なものでなければ幼児を乗せてはいけないことになっている。それなのにそんな車はどこにも見当たらないのだ。止まっているタクシーの運転手に教えてもらったところに移動してみても見当たらない。さて、困ったなぁ。でもネットで確かめたホテルの場所は歩いてもいける近さのはずだった。

「歩いていくか……」

皐と相談していると一人の男が近づいてきて、私が運んであげると言う。そんな輩に気をつけるようにと旅行書にはさんざん書いてある。うーん、どうしようかなぁと迷っていたが男は崇のカバンを引いて、止めてある自分の車の方へと行ってしまう。さぁさぁという感じで迷う暇もなく私たちは日本にはない大きなタクシーに乗り込んだ。ホテルの名前を言うと、「すぐそこだよ」と車は発進した。

「かわいいなぁ。お嬢ちゃんいくつ？」

運転手はなまりのきつい英語で話しかけてきた。

「3歳です」まりなが答える。

「私はトルコから来ているんだけど、国においてきた私の娘も3歳。きっとこんなふうに可愛くなっているはずなんだけど……」

そんな話をしていると予想通り、車がロータリーを回ったと思ったら、走る間もなくホテルについた。佇まいも「ネットで見た通りだなぁ」と変な感慨をもって立ち尽くしていると、くだんの運転手もさっと出てきて、トランクから荷物を降ろし、挙げ句に「可愛いねぇ」とみゆきを抱きしめてくれた。私は旅行書の注意通り、皆から離れて、グルになった者が何処からか現れて、降ろしたばかりのカバンを持って行ったりしないかと目配りをしていたが、そんな気

配もなかった。それどころか、男はいつの間にか手にした小さな木靴をみゆきに、

「はい、お嬢ちゃん、思い出に」

と差し出したのであった。皐は、あらそんなぁ……と日本語で言いながら慌ててカバンを開けて、これから会う人への土産物を取り出し、代わりにと差し出した。男は涙さえ浮かべて礼を言い、タクシー代も受け取らず去っていった。私たちはあっけに取られつつも、家族から離れて生きる男の心情に心を打たれながら見送った。

こうしてドイツ旅行もまた思いがけない良いハプニングの連続で始まったのだった。

ホテルのビュッフェ形式の朝食はカラフルなシャンデリアの下に数え切れない種類のジャム、パン、フルーツ、アイスクリームが並べられ、その豪華さに大人も心が浮き立つ。まして子供たちにとっては、まるで絵本の中に迷い込んだように感じられるに違いない。まりなはトレーを持った３人の子供を引き連れて根気よく一つ一つのものの説明をしてやりながら、子供が決めたものを各自のトレーの上に丁寧に載せてやっていた。皐と私も並べられたもののあまりの豪華さに、あっちにこっちにと目移りして選ぶのに時間がかかったが、それでも子供たちとまりなの気長さには付き合いきれず、先に席に戻って２人だけで食べ始めた。

「ばあばってほんとに子供たちに丁寧に付き合ってくれるわ」

皐は「おいしいっ」と取ってきた好みの物を口に運びながら、嬉しそうな視線を子供たちの方に送っていた。

「昨日の夕食とえらい違いね」

ようやく戻ってきたまりなは席に着くなりそう言った。

「ほんまやわぁ」

ドイツで聞く皐の大阪弁が新鮮に聞こえ皆で笑った。昨夜はひと休みの後、街に繰り出したのだが、生憎の休日で何処の店も閉まっていた。漸く見つけた粗末な店でありついたドイツ最初の夕食がいかにも不味いスパゲッティだったのだ。

子供たちはトレーいっぱいに取り込んできた色とりどりのものを一つ食べては母親を見て嬉しそうな笑顔を浮かべた。

「よかったね、おいしいものを沢山選んでもらって。ばあばにお礼言ったの？」

「バーバありがとう」

「ドウイタシマシテ」

まりなはわざとらしくおちょぼ口になって答えたので崇が笑った。崇の笑顔はとびきり可愛いので私も思わず顔が緩む。

その日の午後から乗った市内半日観光バスの乗客は、東洋人は私たちだけであとは全てゆったりと生活には困らないという風情を漂わせた金髪も見事な白人の老夫婦たちばかりであった。中年のおばさんガイドによる英語の案内は楽しくて、笑い声が絶えない。皐は並んで座るまりなからおかしさの意味を説明されて時間差で笑う。子供たちは午前中の観光に疲れたのか皆爆睡中である。崇の希望を入れて、地下鉄に乗り、自動車のポルシェの工場にある展示場を見学してきたのであった。外国旅行でその都市の公共の乗り物に乗ると、目の前の人々は今日もまた昨日と同じ何の変哲もない日常を繰り返しながら暮らしているのだろうなぁという感慨に襲われる。反対に人々はこちらと目を合わせないようにしていても、「めずらしいなあ、今日は子供連れの東洋人の旅行者がいるぞ」などと思ったりしているに違いない。そんな平凡な日常の中にいる住民と、一生に一度あるかないかの非日常を生きる旅行者の無言のぶつかり合い。外国を旅するときだけに得られるこの独特の感覚。子供でもどこかでそれを感じるのか、皐とまりなから分かれて座る３人は、いつになく神妙な顔つきだった。駅に着くと沢山の労働者が降り、改札を通らず、ざるから水が漏れるようにホームからそのまま垣根の至る所にある隙間を通って、前方に見える大きなPORCHEの文字のある建物群に向かって歩き出していた。私たちも恐る恐る適当な隙間から後に続いた。何しろ見つかると大金を払わなければならないと言われているドイツ式の乗車法でまだ運賃を払わずにきてしまっていたのだから。

無事に労働者に紛れてやってきた敷地内にある展示場はドイツらしい綿密な展示で、子供でなくても興奮する。実物のポルシェカーが年代順に延々と並べられ、所々には内部の見えるエンジンなどが並べられ、壁のショーウインドウにはこれまた数え切れないほどの小さなモデルカーが延々と展示されている。崇はクラシックカーに乗ったり、精密なエンジンを顔を近づけて食い入るように眺めたりと興味の塊となって私たちしかいない展示場を所狭しと走り回っていた。

やがて市内観光バスは美しくこんもりと茂った大きな木の木陰に止まり、乗客たちは三々五々と広場の向こうにあるという宮殿に向かって歩きだした。要所に来るとバスのおばさんガイドの説明がはじまり、観光客の乗客たちはそれを丸く囲んで耳を傾ける。私と子供たちは構わず歩いて宮殿の前の広い芝生に辿り着いた。早速、追っ掛けっこが始まり、3人が疲れて芝生に大の字に寝そべった時はもう、身体中が芝生だらけになっていた。少し離れた木陰の下ではガイドを囲む何度目かの説明が始まっている。白人ばかりの中にまりなと皐の姿が見える。孫と遊ぶ私と娘と佇むまりな……そんな構図だった。私は3匹の子鬼たちの真ん中に寝そべり、空を眺めた。広く真っ青な空だった。あの日も空は真っ青だったなぁ……。


それは皐が初めて那央を連れて私たちのマンションに泊まりに来た時のことだった。歩き始めたばかりの那央ちゃんを歩かせようと皆で近くの広い公園に散歩に出かけた。空は真っ青な気持ちの良い日和だった。大人が歩き疲れて芝生に座って休んでいると、那央ちゃんはひとり休まず土いじりをしていたが、その内、芝生に咲いた小さな白い花をつんで来て、

「はい、バーバ」

と小さな手で、まりなに差し出したのである。それまで、どうしても言わなかった「バーバ」を初めてまりなに向かって言った瞬間だった。

「あーら、ありがとう」

まりなはこれまで見たこともないような慈愛に満ちた柔らかい笑顔を浮かべて幼いプレゼントを小さな手ごと顔に押し付けて喜んで見せた。

私にとって、それは忘れられない瞬間だった。

それまでもまりなは温かく皐を受け入れてくれていた。実際、成人式の連休に初めて３人で熊野への旅行に出かけた時も、なんの頓着もなく皐を大事にしてくれた。その旅行は「着物を用意してやれないから先生たちで成人式を祝ってやってください」という皐の母親の切なくも大きな愛情の後押しもあって実現したものであったから、この旅行を境にして皐は急速に「私たちの娘」となりはじめたのである。……とはいえ、まりなには半分西洋人の血が流れている上に、目の前の何事についても情に流されず直視するという学者の両親から受け継いだ強靭な知性があった。皐に対しても例外ではなかった。私が大事にする皐をまりなも大事にしてくれる。でもそれは自分の他の教え子たちに向ける愛情とさほど変わるものではなかった。「あの人はいい人だよ」と言うことはあっても、好きだとか嫌いだとかは決して口にしないまりなは、人との繋がりに公平無私を貫く人なのだ。まりなのこの資質は彼女の最も深いところに根ざしたもので、情緒的な人付き合いに傾く私とは対極にいる人なのだ。

それだけに「バーバ」と言って差し出された那央ちゃんからの小さな白い花は「バーバもこっちにおいでよ」と知性のまりなを情緒の私の世界へと誘ってくれたような出来事として感

じられたのである。実際この頃を境にして、まりなは那央ちゃんを孫のように可愛がり、それに並行して皐もわが娘のように受け入れるようになったのである。

「バーバ」

「あらあら、芝生だらけになっちゃって」

ガイドから解放されてやってきた皐とまりなに、子供たちは一斉にそう叫びながら芝生から立ち上がって飛びついていった。

シュトゥットガルトは至る所が明るく美しい街で、その後訪れた郊外のテレビ塔からの眺めも、途切れることなく広がる緑と家々が見事な調和の中に佇んでいた。

「じいじが大阪の街を惨憺たる街並みと言っていたわけが判ったわ。日本にはこんなに整然とした街はないよね」

皐は初めて見る西洋の街並みに感嘆の声を上げて見入っている。そして塔から下りて、バスに戻る長くまっすぐな道すがらカメラを持って振り返ると、はるかなテレビ塔を背景にして、崇と那央はまりなと、みゆきを抱えた皐は品の良さそうな白髪のおばあさんと肩を並べて会話を交わしながら歩いていた。

「皐もさまになってきたね」

バスに戻った私は横に座る皐を頼もしく感じながら話しかけた。

「あのおばあさん、スウェーデンから来てはるんやって」

「なるほど、それであんなに見事な白髪なんだね」

「子供たちが可愛いってなんども言われて、私も話しやすかった」

「そうやって見も知らなかった外国の人と会話できるのって楽しいだろう？」

「ほんと。初めてのヨーロッパなのに、こんな経験ができて……じいじとばあばのお陰、バチが当たるわ」

「まりなと一緒だからこんな旅行が出来るんだよ。みんなばあばのお陰さ」

夕方駅に戻った私たちはラッシュの雑踏の中、シュトゥットガルトの郊外からやって来る父親の広志君を待った。もともとこの私たちの短い連休の旅が企てられたのは広志君にドイツの関連会社を1カ月にわたって視察するという役目が舞い込んできたからであった。かねてヨーロッパを見たいと強く願い続けていた皐がこの機会を逃すはずもなく、彼女の強い思いをまりなも聞き入れて協力してくれているのである。

「あっお父さん」

真っ先に駆け寄って行ったのは崇だった。色彩豊かな服装の人波の中から、濃紺の背広に身を固めた、まごうかたなき我が日本侍が駅の広い階段を上ってきていた。

「皐と子供たちを有難うございます」

駆け寄ってきた崇とみゆきを代わる代わる抱き上げながらやって来た広志君は、私たちの前

に来ると律儀な礼を言って頭を下げた。そして、

「おっ、那央ちゃん、格好いい頭してるなぁ」

と、久しぶりに会う父親を弟たちに奪られてブスッとしている長女に父親らしい気遣いの言葉をかけた。頭は買ったばかりの色鮮やかなバンダナで縛り、一段と少女らしくなった那央もニコッと機嫌を直す。さっそく街へ出る。みゆきを抱き、崇の手を取って歩く広志君とお祭り好きの皐が楽しげに並んで歩き、少し離れて那央がまりなと手を繋いで歩いている。ドイツ人の人波の中に溶け込んだ幸せな家族がそこにあった。

翌朝しばしの再会を終えて滞在地に戻っていった父親と別れた私たちは、手筈通りのレンタカーを手に入れて、ハイデルベルクに向かった。

さほどの時間も要せずにあの美しい赤レンガの「アルトハイデルベルク」の建物がネッカー川の向こうに聳え立つのが見えてきた。まりなと私には3度目の訪問だったが車で街に入るのは初めてで、そこがいかに周囲に際立つ特別な文化の集中する観光地であるかを自ずから理解することが出来た。しかし初めての皐は橋の上から眺めるあまりにも見事な眺めに興奮を隠しきれず、風景を抱きかかえんばかりに両手を広げて「わーい」と感激の叫び声をあげていた。

慌ただしい観光とカフェでのひと休みの後、私たちは次の目的地ローテンブルクに向かった。美しいお城が次々と現れるネッカー川沿いのドライブほど楽しいものはない。若く機械に強い皐が英語のカーナビの操作を受け持ち、まりながそれを聞きながら運転する。旅行の仔細を

作って多少の土地勘が頭に入っている私が後ろの座席から道路標識に目を光らす。そんな分業が功を奏して、途中から心当たりのない地方名が出だした時はいち早く分岐を間違えたと気付いた私の指摘で、方向を取り直すべくアウトバーンを出た。するとそこは見渡す限りの緑の畠が広がる素晴らしいドイツの田舎。丁度いいと私たちは車を出て、きれいな空気を胸いっぱいに吸い込みながら、ハイデルベルクで買い求めておいたパンと皐が朝のホテルの豪華な朝食からくすねてきたバターやジャムを広げて、思いがけないピクニック気分での昼食を楽しむこととなった。

その後、３時間ほどで辿り着いたローテンブルクは街全体がぐるりと城壁で囲まれた小さな童話のような街だった。城壁の入り口で車を乗り捨てる選択を取らずに、そのままゆっくりと中世風の石造りの建物の間を縫うように進んでいくと、道はいよいよ狭くなり、この辺りと分かっている宿がなかなか見当たらない。車を降りて探すと更に小さな路地を曲がったすぐそこに宿はあった。皐と二人で中に入り車の置き場所を聞くと複雑で何を言っているのかさっぱり判らない。取って返して皐とまりなと入れ替わって聞き直すと、来客用の小さな車止めは半端な英語力では到底理解できない複雑な場所にあることがわかった。早速車をそこに回し、皆で石畳をガタゴトと荷物を転がしながら宿に向かう。例によってまりなだけはみゆきが荷物でその手を引き、崇と那央は大人に負けず自分と同じくらいの荷物を体いっぱいで押しながら続く。そうやって同じ石造りの家並みの中から小さな銅板に凝った文字で「何々ホテル」と書かれただけの建物に辿り着くのはなかなか大変なことであったが、その努力の中で私たちはいつしか魔法にかけられ、車などなかった中世のど真ん中に迷い込み始めていたのであった。

辿り着いた部屋も普通の家庭の居間のように飾り気もなく、隣ではしゃぐ崇たちの声も廊下を通して丸聞こえであった。それでも大きな木の茂る窓の下を覗くと木陰越しに庭に色とりどりのクロスを掛けられたテーブルと椅子がたくさん並べられていて、やはりホテルなのだと納得する。

「あそこで夕食なのか……」想像するだけでも心が浮き立つ。

「ジージ見た？　窓の下」

隣の部屋を訪ねると母親がいっぱいに広げた荷物の中から必要なものを次々と子供たちに手渡す喧騒の中で、那央が興奮気味に窓の外を指差した。普段からあまり感動を表に出さない那央にも中世のメルヘンチックな魔法が伝わっている。

一段落の後、夕飯までの時間を外に出ると、ホテルの数件隣に高い塔のある大きな立派な教会があった。「すごいねー」と見上げながら中に入り、暗い教会の空間を見下ろすように張られた大きな美しいステンドグラスに暫し見入る。やがて賑やかに通りへ戻ると明かりのついた小窓のようなウインドウが目に入ってきた。近づいて覗きこむと絵本に出てきそうな人形が様々のオモチャと一緒に並べられている。木のおもちゃ屋さんであった。木造りのものに目がないまりなは早速皆を引き連れて店に入る。１軒目からこれでは街見物なんか出来るのかしらと私は一人気をもむ。やがて10分も歩くと街の中心部の大きな広場に出た。少し坂になった広場からは東西南北に道が真っ直ぐに延びていて、それぞれの両側には尖った屋根の付いた４階ほどの中世風の色とりどりの石造りの家がびっしりと並び、その一階部分には土産物屋が軒を連ねている。おとぎ話のような……何度形容してもそれ以外の表現が見つからないそんな街並みであった。

私たちはとりあえず東に延びた道を、次々と現れる美しい塔のある建物に見とれながら歩いていくと、まもなく緑の美しく広がる見晴らしの良い場所にやって来た。街を囲む城壁の東側に辿り着いたのであった。低い城壁に寄りかかって外を眺めると城壁の外側は恐ろしいほどの絶壁となり、遠く見渡せば、かぎりなく広がる緑の中を地図のように道が走り所々に美しいおもちゃのような家が点在していた。南方に目をやると街の南側の城壁が曲がりくねって外部とこれでもかと言わんばかりに区切りを作って聳えているのが見える。お城だけが堅牢な城壁に囲まれ、村民の住宅はその周囲の山並みへとのんびりと広がる日本の城下町に比べると、それはあまりにも周囲を拒絶する街なのであった。

「おとぎ話のような街でありながら、背後には容赦のない外敵という過酷な西洋文明が隠されているってことなんだなぁ……」

風景を眺めながら私が感慨深く呟くと横にいたまりなから、

「世の中にはいつでもそういう逆説が働いているのっ」

と、いつものように語尾を上げ気味に強調するまりな独特の口調で、今更何を言ってるのというふうに即座にお返しがあった。

「ジージ、またバーバに怒られたん？」

子供たちは私を探るように見上げながら笑った。

翌朝も庭の木立の下でのロマンティックな朝食を堪能したあと、昨日確かめてあった広場に出向いてみると、街の観光の始まりは早く、既にガイドを囲んで幾つもの観光客の輪があちこちに広がっていた。早速四方に延びた道に歩んでいくと、それぞれ異なる時計台があり、それを潜る度に皐が飛び上がるようにして身体中で喜びを表す。私もその度に凝ったアングルでカメラを構えた。ここでも一番はしゃいでいるのは母親だった。時折あちらからこちらからペタペタという足音に乗って2頭立ての観光客を乗せた馬車がやって来る。店中にずらっと並べられた色鮮やかな原石とそれらを使った細工物にしゃがみ込んで見入る子供たちを急かして歩いていくと「人形の博物館」と書かれた看板の前に来た。まりなは腰を屈めて文字を説明してやりながら、

「入ってみる？」

と子供たちの心を誘う。全員「うん」と即座の返事で中に入る。そこはまさに古今東西の人形の館で、3階4階と見れども見れども尽きない圧倒的な人形の蒐集。それでも入場者は私たちだけ。崇と那央は二人してあっちにこっちにと呼び合って飽きることなく見続け、まりなが

これに輪を掛けた丁寧さで根気よく説明を読み聞かせる。みゆきを抱いた皐と私はその根気に半ば呆れながら椅子に座って３人を待つ。

「お腹すいた」

やっと戻ってきた崇はお腹を押さえて母親に訴える。暗い館から出ると外は再び「喜怒哀楽」から「怒と哀」が完全に抜け落ちたハレの世界。こころうきうきとして、店に並ぶお菓子やドーナッツはどれもこれもこの世のものとも思えないほど美味しそう。私たちは、仕入れた食事の袋を持って広場に面したカフェの椅子に座った。

「食べていい？」と確かめながら、我先にと母親から配られた食べ物を口にした崇は、

「げー」

と顔をしかめる。それにつづいた那央も、

「うわ、これは不味いわ。ほんまに不味いわ」

と笑った。みゆきも菓子を口にくわえたまま、母親の顔を見上げながら「うん」と肯定する。皆異常に甘いのだ。

「土地には土地の味があるの。文句を言わずに食べなさい。食べるものに文句を言うんじゃないの。アフリカの子供たちは食べるものもないんだからね」

まりなは真顔で期待はずれの３人に檄を飛ばした。子供たちもすぐに背筋を伸ばし、甘えた態度をやめて、もくもくと手にしたものを口に運んだ。「ジージ」の言うことは面白くても、

あまり信じるとひどい目に遭うけど、「バーバ」の言うことは真面目に受け取らなければならない。子供ながらに区別ははっきりとしている。

こうして童話の中に過ごす楽しい時間はあっという間に夕方となり、私たちは再び車を駆って夕方6時発の列車を目指してニュルンベルクへと向かった。

順調だった旅程もそこで初めて、想定外の事態に遭遇する。ニュルンベルクの駅を間近にしてラッシュアワーに巻き込まれたのである。ようやく駅近くの広場で私と子供たち3人が降り、皐とまりながレンタカーを返しに街中へと向かった。発車まで40分しか残されていなかった。

全ての荷物と子供を預かった私は動きもままならず、目の前にあったカフェに入り、ドリンクを注文。喉を潤すのもそこそこにトイレを求めて指示のままに2階に上がるとなんとそこは薄暗い部屋がいくつも広がり、日本で言うコタツ布団のようなものが敷き詰められたいかにも怪しげな空間。

「那央ちゃん、ゴメン。時間がないから君は駅でね」トイレを終えた2人を抱きかかえるようにして戻った私は逃げるように駅へと急いだ。エスカレーターで改札へと向かっていた時、携帯が鳴った。

「子供たち大丈夫？　タクシーで向かっているからもうすぐ駅に着くよ」

と皐の声。携帯が初めて役立った瞬間だった。幸い改札の前に着いて時刻表を見上げると、自分たちの列車に「20となにやら判らぬドイツ文字」。どうやら列車は20分遅れているらしい。

携帯が鳴り「今着いたよ」と声を聞くうちに、まりなと皐が広い駅の階段を上りながら手を振っているのが見えた。全員揃ったところで、那央をトイレに連れて行き、皆でホームへと向かう。

「やれやれ、一時はどうなることかと思ったねぇ」

互いに安堵の笑顔を交わしながら、二手に分かれた後の状況を報告し合う。とそこへ……、

「カランカラン、カランカラン」

と鐘を鳴らしながら、制服を着て肩から荷物を下げた女性の駅員がやってきた。

「これをどうぞ」

電車が遅れてごめんなさいとみんなにチョコレートなどのお菓子を配っているのだという。子供たちはたちまち笑顔になって一斉にカゴを取り囲む。

「じいじとばあばといると、なんでもこうやって楽しいことになってしまうから不思議だわぁ」

皐も手にしたチョコレートを頰ばりながら感心したように言った。

こうして私たちは次なる宿泊地のレーゲンスブルクへと向かった。

翌朝のレーゲンスブルクはその名の通り、旅行中初めての雨となった。しかし石畳を濡らす小雨の中を傘もささずナイロンパーカーひとつでのんびりと歩き回る小さな古都は人影も少なく思いのほか風情があり、私たちはまるで街の観光を一手に引き受けたような気分でのんびり

と満喫することができた。

ドナウ河に架かる大きな石橋から眺める雨に煙る街の佇まいも、教会の尖塔を中心としてどこまでもしっとりと美しく、どこかしみじみと懐かしい。少女時代に読んだ漫画の舞台を是非見てみたいという皐の強い願いを入れて訪れることになった小さな「雨の都」レーゲンスブルク。

「これが皐が見たかった街なのか……」

こんな憂愁に満ちた街を舞台に展開される歴史物語なら華やかな中にもいつか没落を予感させるようなそんな時代の話だったのだろうか……。父親を失くした衝撃と喪失感に打ちのめされていた少女のこころにはそんな物語こそ、孤独な自分を慰める何かがあったのではないか……。読んだこともない物語を勝手に想像しながら、私は改めて、モーツァルトのザルツブルクを訪ねたいという私の熱い思いを敢えて抑えてまでこの街を見たいと切望した皐の奥底にしまわれている寂しさの深さを思った。橋の上にまりなと3人の子供と並んで私のカメラに向かう嬉しそうな皐の表情には、既にそんな辛い出来事のトラウマは感じられない。むしろその為に経なければならなかった心の葛藤をバネにして、いまや三児の母として、自信に満ちたどっしりと深みのある人間へと歩み始めている。

思えばここまで実に長い付き合いであった。

皐が結婚して10年目、もうすぐ崇のお産という時だった。那央は４歳で、私は千葉の里山から出向いて留守を預かり、那央の保育園の送り迎えから家事全般を受け持っていた。ある日、私は初めて母親から離れて寂しげに過ごす那央を不憫に思い、保育園の帰り車を預けて皐の入院する産院へと電車で向かった。昼間の空いた電車の中、那央は立っている私の靴の上に両手で膝を抱くようにして座り、手には束にしたネコジャラシを大事そうに握りしめている。前の日公園で遊んでいる時に、

「明日はお母さんに会いに行こうね」

と那央に告げた時から一人で黙々と集めたネコジャラシだった。

「これお母さんにあげるの」

公園から帰る道すがら那央は手にしたネコジャラシを私になんども確かめるように繰り返した。車に置いておいたそのネコジャラシを今また忘れずにしっかりと手にしている。

那央は母親のお腹の子はお母さんので、那央ちゃんの赤ちゃんはここ……とお腹をさすって言い張った。そのことは今も変わらない。

「どんな気持ちで産院のお母さんに会おうとしているのかなぁ……」

私は足の上にちょこんと行儀よく座る那央の小さな頭を撫でてやりながら幼い心の中の葛藤を思いやった。

「あれっ、那央ちゃん、来てくれたの」

那央だけを病室に送り出して廊下に身を隠していた私の耳に、思いがけず入ってきた幼い我が子に驚く母親の優しい声が聞こえてきた。

「はい」

「あら、どうしたん、これ？」

「公園でとった」

「そうかぁ、お母さんのためにとってくれたんか。ありがとう」

覗いてみると那央は靴のまま、ベッドの上に座った母親に抱き上げられ、手にしたネコジャラシを母の前にさしだしているところだった。皐はこちらに気がつき目から涙が溢れた。

知らせを受けて、夫の広志君と那央と私と皐の母親が病院に駆けつけたのはそれから二日後のことだった。待つほどに助産師さんに押されたガラスケースのキャリーがエレベーターから押し出されてきた。

「おめでとうございます。男の子さんですよ」

顔を近づけて中を見る。この世に出てきたばかりの皺だらけの赤児はしっかりと目をつぶり小さな手を握りしめていた。

「那央の時と一緒だ」

何か神々しいものを見るような思いで心を打たれながらふと目をあげると、背の高い父親の胸に抱き抱えられた那央が、その首にしがみつきながら、怯えたような表情で覗き込んでいた。

４歳ともなれば、自分だけがお母さんの子という意識は相当にあるだろう。その当たり前がいま脅かされようとしている。私はその時初めて「那央ちゃんの赤ちゃんはここ」と自分のお腹を押さえながら言い張ってきた那央の幼い危機感に思い至ったのであった。私は慌てて手にしたカメラを那央に向けながら、葛藤と闘うこの幼い心を強く抱きしめてやりたい衝動にかられていた。

那央はこの日、母親の横たわるベッドの脇に立って赤ちゃんに授乳する様子をじっと食い入るように見続けていたが、その目から惑いと恐怖は消え去ってはいなかった。すると母親は優しく那央の手を取って赤児を触らせ、

「那央ちゃん。弟が出来たんだよ。今日からお姉ちゃん。良かったねー。これからみんなで名前をつけてあげて、仲良くしてあげてね」

と言った。那央は返事の代わりに無理に引っ張られていた手を引っ込めるとすぐに改めて自分からおずおずと手を差し伸べてそっと赤ちゃんの頭を撫でた。

私の名づけた「崇」はこうしてこの家族の新しい一員となった。

「崇、絵本読んだげる」

それから2年が過ぎ、私は再び神戸に手伝いに来ていた。那央と崇を保育園に迎えに行っての帰り道、ベビーシートに縛られた崇に那央が話し掛けた。運転席の私には直ぐに覚えのある光景が浮かんだ。

「崇、絵本読んだげる」

去年も同じ状況で同じ絵本を手にした那央がいまと全く同じセリフを言ったのである。運転をしながら私は大いなる興味をもった。

「那央ちゃんが絵本を読む？　字を知らない那央ちゃんが……、作り話でもするのかしら……」

しかし那央は直ぐに見事な解答を示してくれたのである。

「ほら、崇、犬さんだよーー」

「電車だねー」

なるほど……案ずるより産むが易し……。私は心の中でひとり快哉を叫んでいた。そして今、那央は崇に絵本を示しながらまたしても私の予想の先を行ったのである。

「崇、犬さん寝てるねー」

「電車さん走ってるよー」

大人の世界にはないこの素晴らしい成長。幼児との交流でふと出会えるこうした稀有なる瞬間に私のこころは豊かなものに触れた嬉しさでいっぱいになった。

この夜、私たちは那央と崇の新しくて最後の仲間「みゆき」を迎えることとなった。「一人ぐらいは俺がつけたい」という父親の広志君の願いがかなって名付けられた名前であった。

翌年那央は小学生になった。その年の7月に私はひょんな経緯から、この3人の子供たちとの日々を写した写真展を銀座で開くことになった。簡単な経緯はこうである。まりなの書いた『性のお話をしましょう』が出版されてからほどなくして、私たちの里山の家に「働く女性を細胞のレベルから元気付けるような講演をしてほしい」と、銀座で旅館を営むという女性が訪ねてこられた。まりながその話を快諾した後、私が用意したイタリア料理を囲んでの団欒となった。それはわざわざ不便な遠いところまで、インタビューなどで来られた方への我が家の定番の労いであった。ワインの進むほどに、部屋のあちこちに飾られた写真が話題となり、誰が撮ったものかと問われることとなった。

それらは那央が生まれて以来６年にわたって私が撮り続けた皐と子供たちの成長の記録であった。生まれた日の病院から始まって、保育園の送り迎えや運動会、長い夏休みの大半を里山と海を満喫しながら過ごす姿だったり、畑のトマトやナスやツルムラサキをまりなに指導されながら３人の子供が手分けして収穫する姿だったり、あるいは父親も揃っての稲刈りや正月の里山観光地巡りの光景などであった。

「育児中の写真といえば大抵が、たまに時間のできた父親が子供と遊ぶ姿を母親が撮るものと決まっているのに、ここの写真は母と子の遊ぶ姿が写っている。こんな写真は滅多に見られないわ。しかも母と子の育児の日常がこんなに長い時間にわたって記録されたものなんて本当に貴重だわ」

とその女性は私が心掛けていた核心をついて褒めて下さりその上に更に思いがけないことを

言われたのであった。

「私の画廊でこれらの写真展をやりませんか？」

「素人の私が写真展？　しかも銀座で」

目を白黒する私に、

「良い話じゃない、是非やりなさいよ」

とまりなは何の躊躇もなく即座に後押ししてくれたのであった。こうして那央の生まれた日から小学校入学式までを軸とした3人の子供と皐の家族の誕生していく記録「母と子の風景展」が実現したのである。

その最終日のことだった。画廊の古くからの知人ということで、ある高名なる老役者が会場にこられ、私は画廊の主人の指示に従って写真の案内に立った。素人写真にもかかわらず、一つ一つ立ち止まって丁寧に鑑賞されるので、私は恐縮しながら写真の前後の経緯などを説明していった。そしてある写真の前にきた。私が説明を始めると老役者は、メガネを外しぐっと顔を近づけたかと思うと暫くじっと一点を凝視したまま動かなくなった。見つめる先にあるのは、父親の腕に抱かれながら生まれたばかりの祟を凝視するあの那央の引きつった恐怖の表情であった。

「うーん」

暫くして老役者は低く唸るような声と共に私に向き直り、

「いやぁ、素晴らしいものを見せて頂きました」
と笑顔を浮かべながら頭を下げられたのであった。私も慌てて頭を下げながら、何かの道を究める人の飽くなき探究心と爽やかなまでの謙虚さに深く心を打たれたのであった。

歴史の憂愁に満ちたレーゲンスブルクという古都をどこまでもゆったりとこころ豊かに味わった後、私たちは最終観光地のウィーンに向かう列車のコンパートメントの中で賑やかな食事を楽しんでいた。崇も、那央もお腹を空かして、皐が真ん中のテーブルに広げたレーゲンスブルクの駅で買ったばかりのパンやお菓子に夢中である。小さなみゆきにはテーブルは少し高過ぎるので、まりなの膝に座って手を伸ばしている。どこから見てもおばあちゃんと孫の風情である。人目を気にしないで仲間だけで寛げるこの空間。ヨーロッパの列車のコンパートメントのこの楽しさ。それは格別なもので、今度の旅行を計画する時から私は必ず子供たちと皐にこの楽しさを味わわせてやりたいと思い続けていたのである。願いが叶って力が抜けた私は不覚にも美しい車窓との再会をあらかた夢の中で過ごしてしまうことになった。

ウィーンのホテルはシェーンブルン宮殿のすぐ裏手に位置する古く名門のホテルであった。その分値段も高かったがそれでもここを選んだのは、朝一番に宮殿に到着できて並ばずに直ぐに入場出来るからであった。時間に余裕のない旅行には欠かせない条件である。朝のビュッフェは初日のシュトゥットガルト同様実に豪華なものであったが、やはりここはウィーン。食堂には至る所にハプスブルク家の華やかなりし頃に身を浸すような優雅さが漂っている。暫し贅沢な朝食を満喫した後、私たちは小雨の中、脇道を歩いて宮殿に向かった。広い門を入ると眼前に広がる石畳の向こうにあの黄色い三階建ての横長い宮殿が飛び込んできた。早朝の小雨の広場に人影はなく、まるで宮殿を独り占めしているような贅沢な感覚に子供たちも思わず、

「ひろいね」

と日本にはない西洋の威容に驚きの声を上げた。目論見は見事に的中し受付にも観光客はまばらだった。待つこともなく宮殿の中に入って行くと、これでもかこれでもかと装飾に満ちた部屋が続く。代々のハプスブルク家の人々の肖像画などにはまりながいちいち丁寧な説明をしてやるので、皐も子供たちも食い入るように眺める。この旅行の前からまりなは、ハプスブルク家の歴史を書いた厚い英語の本を手に入れて、飛行機の中でもホテルのベッドでも飽きず読んでいるから話すことに事欠かない。私はそうしたことに興味がないのでみゆきの手を引いてさっさと次の間に行ってしまう。そうしているうちに私は片隅に子供姿のモーツァルトが描かれているという大きな絵の前にやってきた。

「ここにモーツァルトが来たのか……」

前にまりなとウィーンに来たときも「ベートーヴェンの部屋」を訪ね、そこに置かれてあったピアノがあの『英雄』を作曲した時に使われたものだと知ってなんとも言えない感動に襲われたことを思い出した。自分の青春の様々な場面でその音楽にどれほど沢山の思いや励ましを

覚えたことか……。そう思うと一口では表せない身震いするような感覚が湧いてきたのであった。あれから25年、年を重ねてロマン派の音楽が煩わしくなった私は、聴いても聴いても「意味」に変わることなくどこまでも純粋な音のつながりとして聞こえ続けるモーツァルトが飛び抜けて好きになっていた。

「そのモーツァルトがこの場所に来ていた……」

書物で見るのとは比べようもない現実感が迫ってくる。私はみゆきの手をにぎったままその場から離れられなくなっていた。

「やっぱりここにいたんだ」

不意に声がして、見るといつの間にかすぐ横に並んだまりなが案内書を手に絵を眺めていた。

「前に来たときはこの絵に気がつかなかったね」

「あなた、あの頃はベートーヴェンだったもんね。今度はきっとここに来てると思ってたよ」

夫婦の間でしか成り立たない切れ切れの会話。しかしその間には高校生から今日までの数え切れない記憶が共有されている。夫婦とは有難いものだ。

「ねー行こうー」

「おおゴメンゴメン」

いつまでも動かない私に業を煮やしたみゆきに促されて私たちは省略の美とは無縁の何処までも金銀財貨をほしいままにした館を堪能して外に出た。そこは長方形の広大な庭園で宮殿に向かいあう遥かな高台には大きな門のような記念館が聳え建っている。雨も止み私たちはその高台に向かって見渡す限り続く砂利道を三々五々に歩いて行った。皐はまりなと並んで歩きながら楽しげに話し込み、子供たちは傘を刀にしてのチャンバラごっこで走り回る。それでも広くて人影まばらの庭園ではなんの気兼ねもいらない。私は少し離れたところからシャッターチャンスを窺いながらカメラを構えて歩く。広々とひたすらにのんびりとしたこころ爽やかな観光である。やがて突き当たりにある沢山の石像装飾に囲まれた噴水を眺め、それを迂回しながら階段を上り切ると凱旋門のような大きな記念館が建つ広場に辿り着いた。来し方を振り返ると宮殿は眼下に退き、代わってその背景に見渡す限りのウィーンの街が広がっていた。そしてその地平を切り裂くようにひとり周囲とスケールの違う高さで抜きん出ている塔が見えた。

「あれがセント・シュテファン寺院だね」

まりなが皐に指差して教える。

「あ〜これがウィーンなのね。ばあば、じいじ、こんなところまで連れてきてくれて有難う」

しばし立ち尽くして風景に見入っていた皐は素直に感動を口にしながら、まりなと私に頭を下げた。

ふと視線を戻すと子供たちは巨大な建物の下の広場に敷き詰められた砂利に座り込み、頭を集めてなにやら夢中で探している。3本の傘もその周りに打ち捨てられている。近づいて聞けば、

「見てジージ。面白いやろこの形。こんな格好の石ジージも探して……」

那央はそう言いながら手にした瓢箪のような形の石を見せてくれた。

「え～こんなところに来て石探し……」

呆れる皐と視線を交わしながら私も、仕方なく座り込んで探し始める。

「おーい」

やがてどこからともなく日本語の呼び声が聞こえたような気がした。皆で辺りを見渡すが誰も居ない。

「オーイ」

「あれっバーバの声だ」

いち早く那央が気が付き高い記念館の屋上に、二つの小さな人影を見つけた。

「あすこや」

「バァ～バ～」

「おかあ～さん」

那央の指差す方向に向かって子供たちは一斉に声を張り上げた。屋上の二つの影もそれに応えるように大きく左右に手を振っていた。

私たちが里山に移住したのは那央が３歳の時だったが、那央が初めて海に入ったのは、それより前でまだ私たちが夏休みに別荘としてやってきていた頃のことだった。皐と協力して1歳半の赤ちゃんを海に浮かべて遊んだ後、海岸からベビーカーに乗せてのんびりと村の中に帰ってくると、決まって野良仕事のおばあさんたちが手を休めて、

「あらかわいいねぇ、いくつ？　1歳半？　それで海に入れたのかい、それはちょっと早すぎだね。それにしても、綺麗な肌だね、ちょっと触っていいかい……」

と手の泥を落としながら那央のほっぺを撫でるのだった。すでに過疎になりかけている村では滅多に赤ちゃんなどにお目にかかれなくなっている。その後、崇が生まれ、みゆきが揃って、暫くは3人の子育てに専念する時期と思い定めた皐は、私たちが移住したこともあって、看護師の仕事を休止し、春休み、夏休み、そして正月と欠かさずこの里山にやってきて、子供たちに自然を味わわせることに努めた。その結果、まりなと私はどこからみても3人の孫を楽しむじいじ、ばあばとなった。

還暦を過ぎたばかりの私たちは未だ元気で、こちらから車で関西に出向き、里山に連れ帰るという離れ業も平気だった。そんな折は、皐と子供たちを乗せてアルプス市に住む知人を訪ね、桃狩りやぶどう狩りを楽しみ、甲府市の夜景が一望できる「あっちの湯、こっちの湯」という人を食った名前の山の上の温泉を満喫し、山中湖に遊び、あるいは別の時には関西人が訪れにくい箱根を回り、箱根細工や江戸時代の関所を楽しんだりした。

こうして皐たちの里山の夏休みは長い滞在となり、一カ月に及ぶことも普通になった。

まりなは、皐一家と限らず、どんな来客が滞在していても午前中は離れの2階の自室で仕事をするという習慣を破ることはなかった。朝食のピーナッツとバナナ一本と紅茶一杯を取りに下りてきて、賑やかな来客たちとしばしの朝の歓談をすると、

「じゃ私はこれで……」

とおきまりの小さなお盆に載せた三点セットの朝食を持って2階に引きあげていく。来客が自分の側の知人であってもそれは変わらない。しかしひとたび午後になると、すっかり別人の顔になって下りてくる。来客が居間に居れば、その笑顔だけで何故か皆こころが浮き立つ。

「これからみんなで海に行くからバーバも行こう」

みゆきがまりなに走り寄って手を引く。

「いやだよ。ばあばは畑！」

まりなは皆のひそかな期待を見事に裏切って、差し出されたみゆきの小さな手を握りしめながら、柔らかい眼差しでダメ出しを告げる。こうして昼食後のまりなは、誰もいなくなった居間のソファーにゆったりと寝転んで、ニュースを見たりうたた寝をする。2時になると、やおらむっくりと起き上がり、目の前の冷めたコーヒーの残りをひと息で飲み干し奥の自分用の部屋に消える。やがてお気に入りの野良着に着替えて出てくると、一人黙々と勝手口から納屋に向かい、鍬と草取り用の小さな熊手とバケツを持って畑へと階段を下りていく。これが二人だけの時も来客中の時も変わらぬまりなの日課なのだ。私はと言えば、皆が海に行っている間に

おにぎりを作ることもあれば、頃合いを見てセブンイレブンまで車を走らせ、コンソメ味のポテトチップスやアイスクリームを見繕って海岸に向かう。砂浜には殆ど人はおらず見覚えのあるパラソルと机椅子のセットがポツンと置かれ、そこには誰も居ない。視線を海へ向けると、遠くの海面で那央と崇がボールを投げ合い、岸辺近くでは皐がみゆきを浮き袋にのせて遊ばせている。私は水平線まで彼ら以外人影のない海に向かって思いっきり叫ぶ。

「アイスクリームだよ〜」

やがて気がついた者から我先に海を蹴立てて走り出し、体を拭くのもそこそこに貪るようにアイスクリームに飛びつき、コンソメ味のポテトチップスを際限もなく口に運ぶ。

「うまいなぁ」

空を見上げながら、崇が感極まったように言う。子供たちが心待ちにしている至福の瞬間である。こちらもこの風景を作り出すのが楽しみなのだ。

私たちが向かう海はもう一つあって、そこは車で半島を15分ほど横切った所にある。平砂浦というその名の通り、見渡す限りの砂浜で、そこには太平洋外海からの大きな波が打ち寄せ、広い海原はいつも沢山のサーファーで賑わっている。従ってここでの子供たちの楽しみは、泳ぐより持参したボードでの波乗りとなる。何十メートルも大波に乗って、沖合から海岸まで一気に辿り着く面白さは、一度味わうとやめられない。大人もつい時間を忘れて遊び続けてしまう。

この海岸には、フラワーラインという海岸沿いの広い道路から、大きくて長い松林を歩き抜けて来なければならないから、子供たちにアイスクリームを楽しませるわけにはいかない。その代わり、砂浜には大波に乗って「波の子」と呼ばれる小さくて美味しい貝やハマグリが打ち寄せられて来るので、波乗りに疲れた合間には、それらを採集するという、ここでしか味わえない楽しみがある。波打ち際に座って待っていれば、波の引いた後の砂浜には、次から次へと「波の子」が散らばる。あるいは腰ほどの深さのところに座って掌を砂に潜らせていると、真っ白に砕ける波が通り過ぎる最中に、ハマグリがホコリと掌の中に入って来る。どちらも時間を忘れる楽しさで、それを夕食で食べられるのだからやめられない。

この海岸にはまりなも一緒に来ることがある。しかし、皆が海に興じている間、まりなのすることと言えば海岸に広がる貝殻取りと決まっている。それは飽きることなく続けられ、いつの間にか、目を凝らさなくては見えないほど遠くまで行ってしまう。子供たちもそれに気がつくと「バーバー」と走り寄っていく。そうやって取り溜めた貝殻は数えきれず、しかもそれらは種類ごとに大から小まで綺麗に整理されて箱に入れられる。それを見たものはその根気と美しさに眼を見張る。しかし未整理のまま棚に置かれたものは何年でもそこに放置され、片付けようとすると烈火のごとく叱られる。もう何年も棚に置かれた未整理のままの貝殻の箱を、掃除のたびに私は恨めしく眺め続けているのである。

近くの海の時の私は、子供たちにおにぎりやアイスクリームを配ったあと、そのまま海に入ることもあれば、すぐに家に戻ることもあったが、いずれにしても夕飯を作る役目があるので海からは先に帰る。やがて4時近くになると、一面田んぼの緑の間に海から戻ってくる一行の姿が遠見される。その頃まりなは2時から始めた畑にしゃがみこんでひたすら畑の手入れに余念がない。やがて賑やかに階段を上ってくる声が聞こえ始めると私は、ソーラーの温水シャワーに待ち構えて、一人ひとりを次々に裸にして、頭から足の先まで石鹸の泡だらけにして身体の砂を洗い流す。そうしている間にも、父親の広志君が来ていれば、銀杏の下のテーブルにビールを用意しておいて、しばしの休暇の至福を満喫してもらい、子供たちと皐と入れ替わりに広志君がシャワーに向かえば、シャワーの終わった子供たちが同じく銀杏の下の木陰でのスイカを頬ばる。

「外であったかいシャワーするのって気持ちえーなー」

崇はデリカシーのある男の子で、こうした田舎暮らしの楽しさをよく表現する。

「みんなそれが終わったら、ばあばを手伝うのよ」

子供たちの水着を物干し台に掛けながら、皐は厳しく子供たちに言い付ける。

「わかってるー」

3人のリーダーの那央は口からペッとタネを飛ばしながら頼もしく答える。那央に二言は無く、やがて3人の子供たちは、思い思いの作業着に着替えて夕飯までの時間をまりなの指示に従ってさまざまな農作業に勤しむのである。

その間私はトンカツカレーやハンバーグや各種スパゲッティなどの簡単料理から、３日に１回ぐらいはパエリア、ラザニアあるいはナスの重ね焼きなど、大勢で食べられる手のかかるイタリアメニューの夕食を作るのである。

「はい」

台所の横の勝手口が開いて、崇とみゆきがオクラ、ナス、ミニトマト、ツルムラサキなどまりな丹精の採りたて野菜をカゴいっぱいにして差し出す。

「おっ、すごい量だね」

「那央ちゃんは何してるの？」

「バーバと畑耕してるよ」

テラスの方に行って畑の方を見下ろしてみると、もう手元も定かでない夕闇の中、畑に並んで座った二人は、手元を動かしながら、何かしきりに話をしている。まりなは気長に話し、那央は気長に聞く。あの二人は、不思議に波長が合うんだなぁ……と感心しながら台所にとって返した私は、さっそく採りたての野菜たちを洗い、サラダに仕立て上げる。こうして、夏の夕方は皆が役割を分担しながら過ごす楽しい時間であった。

「みんながこんなに小さく見えたよ」

屋上から下りてきたまりなは、そう言いながら手を小さく丸めてみせた。

「あんたら、ウィーンに来て石ころ遊びかいな」

誰より旅の日々を楽しんでいる皐は子供たちの姿に呆れた調子で言った。

全員揃ったところで私たちは、地下鉄でウィーンの中心地に向かう予定に従って、三々五々と歩いて宮殿の広場へと引き返した。

「ジージの言うてた通りやなぁ。あんなの待ってたら入るまで何時間掛かるか分からへんな」

宮殿の入り口からのびた長い長い人の列を見て、那央が驚きの声をあげた。私たちは高いホテルに泊まった見返りに無駄無く、ゆっくりと時間を満喫しながらウィーンの中心街へと向かった。

駅から地上に上がるといきなり見上げるような石造りの建物が眼前に迫ってきた。

「うわっ」

あまりの巨大さに思わず立ち止まって見上げる。これぞ宮殿の高台から見えていたセント・シュテファン寺院。遠目の巨大さと間近に見上げる巨大さ。私たちはその両方の感覚を味わってしばし立ち尽くしていた。しかし生憎その巨大な建物の中には入れない日だった。仕方なくそのまま寺院の周囲を巡りながら寺院前の広場に向かうと、あちこちに人だかりができているのが見えてきた。近づいてみると輪の中心では様々な芸人が思い思いに芸を披露しているところだった。数十人の観客に囲まれて人気一番なのは、逆さになったまま頭で回転したりそのまま飛び起きたりと様々な動きをする体操の男だった。しばし見入った後、ふと振り返るとすぐそばで、黒い山高帽子を被ったとてつもなく背の高い男が周囲を見下ろすようにしてバイオリンを奏でていた。しかし観客がいない。小さくて人だかりの外からはよく見えない崇は既にその方に惹きつけられ、不思議そうに立ち止まり一人食い入るように見上げている。私たちも体操の輪から離れて崇に合流し暫く演奏に聞き入った。するとバイオリン演奏が段々音が小さくなり演奏も止まりそうなほど遅くなってきた。子供たちはそれもおふざけの芸と思ったのかケラケラと笑いだした。しかし大人組はすぐに気付いて慌てて硬貨を箱に投げ入れた。すると音楽はすぐに元気を取り戻し更に熱のこもった力強い演奏になってきた。私たちも歓声をあげて囃し立てる。崇も山高帽を見上げながら、うふふと満足そうな笑顔を浮かべて聴いていた。

そして次に待っていたのは銅像人間だった。顔を金箔に塗り固め、動作の途中といったポーズのままぴくりとも動かない。日本では見かけない大道芸だ。いくら見ていても微動だにしない。

「みぃちゃん、判る？　この人、生きてるんやで」

まりなの手を握ったまま銅像人間と同じくらい固まったようになって見入っているみゆきに私は腰を屈めて語りかけた。それでもみゆきは返事もせずに食い入るように見つめている。するとと突然銅像の両手が動いて座っている膝を叩いてみゆきを誘った。

「みゆき、抱っこしてくれるってよ」

そう言いながらハプニング好きのまりなは腰の引けたみゆきを励ますように、

「ほれ行きなさい」

まりなは握った手でみゆきを銅像人間の方へと押し出した。みゆきもそれに応えるように緊張した表情ながらされるがままに身を任せると、銅像人間はさっとみゆきを膝の上に抱き上げた。

「わーい。みいちゃんよかったねー」

喜んだのは皐だった。嬉しそうに大声で娘の勇気を褒めてやりながら、慌ててカメラを構える。みゆきは抱かれてからも体を硬くしたまま銅像人間の顔を見上げつづけているので、あたかも銅像人間とみゆきは一体となった銅像のように見えた。その面白い光景に崇と那央とまりなが自然に寄り添ったところで、私と皐はまたとない構図をカメラに収めた。思いがけない銅像人間の柔らかい行動に私たちはありったけのコインをカゴに入れて「有難う」と感謝を述べながらみゆきを抱き下ろした。その場を離れても余韻を確かめるようにふりかえるみゆきに、銅像人間もニッコリと微笑みながら手を振ってくれていた。

「面白かった」

みゆきは再び手を引かれたまりなを見上げながら、ようやく自分の言葉を発した。

「ありがとう、ばあば」

並んで歩く皐も横から覗き込むように笑顔で娘を冒険に送り出してくれたまりなに礼を言った。

「私は何もしてないよ。みゆきが偉かったんだよねー」

顔の近くまで腰を折って褒めてくれるばあばにみゆきは「うん」と笑顔で小首を振って答えた。

やがて私たちはシュテファン広場から人の賑わう美しい通りを歩き、風格のあるコーヒー店でひと休みしたりウィーンならではの土産物屋に立ち寄りなどしながらゆっくりとホーフブルグ王宮へと歩いて行った。ある時期、世界の中心をになった街のため息が出るような美しい石の文化の威容。大人三人はそんな建物に辿り着くたびに、立ち止まり説明文を読み感想を述べ合う。しかし子供たちはそんなことにはお構いなく、広くて人の少ない広場さえあれば元気を取り戻し傘を手にして走り回る。そんな一行もやがて緑の広がる美しい公園に辿り着くやトイレ、トイレと順番に石の階段を駆け下りて行く。みゆきを連れた皐が戻って全員揃うまで、先に用事を済ました崇と那央がさすがに走り回って疲れたのか、階段の始まる幅の広い石の手すりによじ登り大の字に寝そべって空を眺めていた。

それから私たちは国立図書館という長い長い建物の前の人影もまばらな広く真っ直ぐな通りを、最後のお目当ての場所に向かって三々五々に歩いて行った。

「あっあすこだ」

見上げる先にあるのはあのモーツァルト像。２度目の対面であった。

「ここはあなたを撮ってあげるよ」

珍しくそう言って私からカメラを取り上げようとするまりなを制止して、

「いや、ここは僕が撮ることになってるんだ」

と言い張った私は、まりなを真ん中に皆を像の前に並ばせ、高い像が全て入る所まで後ずさりしながら、

「はい、モーツァルト」

と言いながらぱしゃりとシャッターを切った。その時の私は、どこまでも純粋な音楽そのものので中年以後のさまざまな人生の瞬間を励まし続けてくれたモーツアルトに感謝を込めて報告していたのである。

「この家族との交流だけが、おんぶに抱っこばかりだった我が妻まりなへの、私からのただ一つの贈り物なんです」

第5章

白鳥の歌

「まりな〜」

初めての高く遠い視界に私は、嬉々として手を振った。まりなはもうかれこれ2時間は畑に這いつくばって、黙々と草を引いている。聞こえないのか少しも反応がない。

私たちの家は、標高30メートルほどの山の裾を切り裂いた土地に位置している。村から見るとそれは間近に裏山を背負い、周囲より一段と高いところに建つ一軒家として見える。村から隆起した砂岩でできた石山なので、地震にも強く見た目ほどの危険を孕んではいないのだが、そこに密集する木々はその背丈が思いのほか高く、其処此処に蔦に絞め殺された倒木も目立つ。特に家に間近に迫る木々たちは今のうちに何とかしなければ、家に覆い被さったり、嵐で倒れたりして家に被害をもたらしかねない。しかし植木屋に頼めばとてつもない費用が掛かることを思えば、とっくに還暦をすぎているとはいえ、まだいくらか若さの残る私がなんとかするしかないのである。

家の敷地は上下2段になっていて、畑になっている下の敷地は村の広がりと同じ高さにあり、そこから家の建つ上の敷地に辿り着くには、二手に分かれた階段か坂を落差にして3メートルほど登らなければならない。階段は平屋建ての家に、坂は二階建ての離れへと通じているが、二つの建物は上の敷地に並んで建っている。私が腰掛けているのは、その二階家の背後から覆い被さるように茂る大木の大枝であり、その大木自身がすでに山裾の土手の途中に立っているのだから、そこから眺めた畑のまりなは、遥か眼下と言っても決して誇張にはならない。

「まりなー」

私は腹に力を入れ直し、もう一度叫んだ。顔を上げたまりなは、山側のこちらを見上げているが木の中の私が見つけられないらしく視線が定まらない。

「ここ、ここ、すごい見晴らしだよ」

私が大きく手を振りながら叫ぶとようやく視線が止まり、

「大丈夫……？　落ちないでよ」

とやや呆れた調子の返事が返ってきた。

古くなって廃棄された風呂の椅子に腰を下ろし、熊手を手にひたすらに雑草の根を一本一本掘り出すという実験でもするかのような「学者農業」に余念のないまりなは、このやり取りのついでに熊手の手を休めて、傍のポットからお茶を一飲みしていた。

大木の枝々は屋根に大きな傘をさしかけたような状態にあり、これ以上放置すると切り落とした枝は、屋根の上に落ちて切ることもできなくなる。しかし今なら工夫次第で何とかなる。とはいえそれを実行するのは思いのほか時間と労力と知恵を要する仕事であった。道具は、ネットで探し当てた長さ7メートルまで伸縮する薙刀のようなノコギリ1本で、大抵のものはたちどころに切り落とせる優れものである。しかし張り出した枝は最低でも直径15センチはあり、長さも短いもので2メートル、ひどいのになると森の中に光を求めて地上スレスレまで優に6メートルは伸びて自重でいまにも折れそうにたわんでいる。40年間放置された結果である。

それらを最初に辿り着いた大木の二股からノコギリの長さを調節しながら切りにかかるのだ。優れものとはいえ、使いこなすのは並大抵ではない。長く巨大な枝は根元から切り落とせば屋根に落ちかかり大変な損害を引き起こす。したがって屋根の上に落ちかかりそうな枝は、その長さの半分くらいのところに切り口を作り、そこから自重で折れ曲がりスイングしながら屋根より手前に落ちるようにしなければならない。そうなると、ノコギリは目一杯に伸ばし、枝に対して斜めに歯をたてることになる。ただでさえ太い枝は更に太いものとなる理屈である。こうして労力は倍増する。更に枝の先の方に紐を掛け、その一方を自分の足場の幹に括り付けて確実に手前に落ちてくるようにするという作業が加わる。切り落とそうとする枝は太さの５分の３ほど切り込まれると、自重でミシッというかすかな音と共に切り口の下部を締め付ける状態になる。その一瞬前に、ノコギリを上へと逃さないと刃はそのまま、にっちもさっちも行かなくなる。その一瞬の阿吽の呼吸を知らない初めの頃は、そのままノコギリを取られて作業を中断することもしばしばであった。しかしうまくしたもので、二、三日そのままにしておくと切り口が乾いたり、強風で枝が折れて紐に引っ張られた状態で垂れ下がるなどして、ノコギリは落下したり、そこで自由に動くようになっていたりする。そんな時は「なるほど」と自然の摂理に触れたような気分で一人納得する。無事に身近な根元から切り落とせる枝の場合はというと、また別の困難が待ち構えている。粗方切り裂かれ自重を支え切れなくなった枝は、根元を起点にしてもの凄い勢いで振り子のように私の方に落ちてくる。私は足場にしている木の股から太い幹の裏側に辛うじて身を回して逃げる。その瞬間、切り落とされた枝は、私の顔のすぐ裏側の幹に、今の今まで生い茂っていた枝々を激しく衝突させながら、そこからもんどり打って急斜面のそのまた下にある地面へと落ちていくのである。

「ばさーっ」

事態を見つめる私には、それがその枝の最後の悲鳴のように聞こえる。こうした作業を繰り返していると、その都度知恵を絞って自然と闘う自分が「歳のわりにはなかなかやるじゃないか」と思えてくる。しかし悲鳴を残して切り落とされる枝を見ているうちにふと別の感慨にとらえられる。枝は切り落とされてもこの大きな木自身は、自分たちの死後もずっと生き続けるんだなぁという思いである。

「そうか木の毛づくろいをしてやっているようなものなのか……」

自分の格闘する対象への優越感はたちまち畏敬の念へと変わり、無常に切り落とす申し訳なさはこうしてバランスを回復するのである。

1月の中旬から2カ月近くに及んだ私の樵生活によって、鬱蒼としていた裏山は程よく切り込まれ、まりなの研究室兼寝室のある離れの二階は、明るい日差しを浴びるさっぱりとした空間に変わり、実際にその部屋に行って窓から眺めると、まるで森の中の空中回廊のような快適な空間になっているのだ。

樵生活の産物はそれだけではなかった。我が家は下の敷地を土手状に囲んでパンパスが植えられている。美しい穂の茂る時期になると村から見る我が家は、山に囲まれた小高い一軒家の下に長く白い帯が敷かれたように見える。村人の中にはそんな我が家を「パンパスの家」と呼ぶ人もいる。家へ上る階段の右手手前にはパンパスの根の張るむき出しの土手が迫り、雑草の隙間から少しずつ泥が入り口の道へと落ちてくる。私は以前から、その自然すぎる家の入り口をなんとか整備したいと思っていた。長い樵作業で切り落とされたおびただしい太くて長い枝たちは、その願いを叶えてくれる格好の材料だった。

早速私はそれらを使って、パンパスの土手に西部劇でみかけるような荒っぽい丸太の柵をつくり、細かい木切れは土手に敷き詰めて土留めとした。みてくれもまぁまぁの出来栄えであった。

柵が出来上がった日、私は一日の畑仕事を終えて引きあげようとするまりなに土手の整備を披露した。

「どう、うまい廃物利用でしょう？」

「なかなか良いじゃない」

疲れた腰を伸ばしながら立ち止まったまりなは、しばらく眺めてから、短く感想を述べると、また重い足取りで階段を上り始めた。

家周りの野良仕事と食事を分担する私は、普段は畑仕事のまりなより一足先に家にあがり、夕食の準備に取り掛かるのだが、この日は樵仕事の後片付けを兼ねた土手整備に追われ、彼女と同じ時間に仕事を終えたのであった。

階段を上り詰めた左手には母屋の西陽受けに植えられた銀杏が大きく枝を広げ、その下をかいくぐるようにしながら左に直角に数段を上ると、芝生の広がる庭に辿り着く。夏になると西陽の直射をこの銀杏が完全に遮ってくれるばかりか、銀杏と家との間を極楽の余り風のような心地良い風が吹き抜ける。まさにこの家にはなくてはならない大木なのである。

ようやく上りついた庭に立って振り返ると、その広く伸びた枝々越しの眼下には、低い山々にU字形に囲まれた村全体が一望され、その上の空には美しい夕焼けが１８０度に広がっていた。

「綺麗ね」

私たちは半日の疲れが吹き飛ぶような美しさにしばし見とれて立ち尽くす。それからまた前後になり、目の前の母屋から玄関を兼ねたサンルームを巻くようにして、納屋のある中庭へと向かった。

「あら、グレちゃん、そこで待ってたの」

突然立ち止まったまりなは、幼児に話しかけるような優しい口調で言った。見ると芝生の上にちょこんとグレが両手を揃えてこちらを向いて座っていた。

「おや、グレちゃん」

私もまりなの横に出て文字通りの猫なで声で呼びかけた。

グレはひょんな事から屋敷に棲み着くようになった野良猫である。この敷地に野良猫が棲み着くのは2度目のことであった。

移り住んで間もなくの頃、村を見下ろす居間のガラス戸の外に、鋭い目付きの真っ黒な猫が闇の中に浮かんだのが最初だった。

「腹が減っている何かくれ」

目だけきらりと光るまごうかたなき訴えであった。それをきっかけに、牛乳をやり残飯をやったりするうちに、わざわざ猫飯を買ってまで餌をやるようになった。やがて黒猫は、猫飯を少し嗅いだだけですぐに姿を消すようになった。

「残飯でないのが気に食わないのか……、贅沢な野良猫め」

と呆れていた数日後、雨の降りしきるガラス戸の外を見ると、庭の垣根のところで何やら動くものがいる。なんと子猫ではないか。それも5匹。黒猫はと見ると、少し離れたところでこちらを窺うように目を瞬かせて座っている。

「なんだ、お前母親だったのか……」

切なくなった私は、すぐに餌をやり、縁の下に寝床を作ってやった。それからは家の周りをいつも子猫が走りまわるようになった。ガラス戸を開けておくと黒い親猫は家に上がりこんだすぐそこに体を丸くして寝たフリをする。子猫たちはそれで安心して家の中まで上がってくる。捕まえようとすると素早く八方に逃げさり、親も子供の無事を確かめるようにのそりとその場に立ち上がる。しかし何事もないと分かるとまたそこに丸くなる。そんな成り行きのなか、ある決まった1匹だけが、逃げ出さず私に身をまかせるようになり、膝の上でゴロゴロと喉を鳴らすまでになった。その間親猫も目を瞬いて見つめているだけである。事態はさらに進む。夕方になるとその子がひょいと部屋に上がってきて、ニャオニャオとしきりに鳴くので、捕まえて膝の上で撫でてやっていると、なんと勝手口に兄弟たちが並んで座り一斉にこちらを見ているではないか。

「そうか、君は餌の斥候隊なんだね」

猿知恵ならぬ猫知恵に感心した私は、ますます彼等に惹かれ沢山の餌をやるようになった。そんな約束事が成り立った頃、ビヤンコと名付けた白くて一番小さい子猫の姿が消えた。トンビに拐われ空から落とされて死んだのだった。暫くするとまた1匹また1匹と姿を消し、斥候隊役の子猫も親猫とともにいなくなった。あるものはトンビに、あるものは村の猫嫌いが撒いた毒饅頭を食べて死んだのだった。

こうして、残飯を外に置くのをやめてしまっていたのだが、直ぐにまたその習慣を始めていた。するとまた、皿に載せた残飯は朝になると綺麗さっぱりとなくなり、皿も洗ったように真っ白になりだした。

「また猫が来てるみたいね」

とまりなと言い合っているうちに、昼間の庭でも見かけるようになった。それは私たちが忘れもしないあの関西時代のサブちゃんによく似た可愛い顔立ちの全トラの子猫だった。ただサブちゃんとは違って色がグレーであった。それで、私たちは直ぐに「グレサブ」と名付け、グレサブはすぐにグレとなった。

「グレ、おいで」

私はまりなの横合に腰を下ろし手を差し伸べた。「グレ」は気立ての優しい猫で見かける度に私は、腰を下ろし優しくかつ執拗に名前で呼びかける。しかしまりなの目の前でこれをやるのは初めてであった。この頃までには、執拗な私の呼びかけで、グレも自分がグレと呼ばれる存在であることを理解し始めている。実際夕食の後、皿に残り物を入れて、真っ暗な虚空に向かって「グレーグレー」と２度も叫べば何処からともなく走り帰ってくるのだ。

庭の芝生に両手を揃え端正に座っているグレは目を瞬いて尻尾をぱたぱたと振った。

「いいから、おいでってば……」

私が尚も執拗に声をかけ手をさらに長く差し伸ばすとグレは逡巡を示しながら、それではというふうに飼い猫がよくするように両手を抱え込むように曲げて地面に身を下ろして目を瞬かせた。私はそれでもしつこく、

「そんなことしてないでここまでおいでよ」

と更に優しい口調で手で芝生を叩きながら決心を促す。グレは目を瞬かせてしばらく逡巡した後、更に意を決したように両手両足を投げ出し無防備な格好で芝生にごろりと横たわり、尻

尾を左右に動かした。

「餌をくれて可愛がってくれるのに僕は野良猫でどうしても触ってもらうことが出来ないの。だからこれで勘弁して」

それはそれ以外の解釈を許さないほどはっきりとした意思の伝達だった。

「面白いね」まりなも腰を下ろし笑顔で熱心に成り行きを見つめていた。

「ねっ、一度で良いから触らせてよ」

私はそう懇願するように言いながら、気付かれないようにそっと間合いを詰めて体を撫でようと手を伸ばしていった。あと少しでその柔らかそうな毛に触れる……と思った瞬間……。グレは爪を立てた前足を目にも留まらぬ速さで振ったかと思う間もなく、飛び起き走り去った。


その日の夕食は、私も野良仕事が手間取り、手の込んだことは出来ず、畑から採ってきたばかりの長ネギを使って「ネギのスパゲッティ」を作った。とは言っても、そこにまぜる塩漬け黒オリーブとマッシュルームとアンチョビーを主として作るペーストは少し手の込んだもので、それは作り置きして冷凍したものを使うのである。だから簡単とはいえ、外食では滅多に口にすることの出来ない美味なる私の自慢の一皿なのである。

「ネギの甘さが何とも言えないねぇ」

ペーストの独特の味わいと採ったばかりのネギの際立った甘さを噛み締めながら、まりなは目を細めて言った。赤ワインが野良仕事で疲れた全身を心地よく巡る。

「グレのあの仕草、凄いよね。言葉が無くってもあそこまで気持ちを伝えられるんだからね」

「そうじゃないの。あそこまで表現することが出来る生き物が居たから言葉というものが生まれたんだよ」

食卓を囲みながら私たちはもの言えぬ動物の魅惑的なパフォーマンスを議論しあった。

「言葉が先じゃないんだね。まず自発的に行動するということがあるから言葉が生まれる。そこが面白いとこだよね……」

食後の休憩を求めて、いつものようにワイングラスを片手にまりなは長椅子に寝そべり私はソファーに移動して議論を続けた。

「不思議なことに数学も同じことが言えそうなんだ。数学っていうのも、幾つかの公理と形式論理という文法によって成り立っている一つの言葉なんだよね。その公理に含まれる抽象的な概念と形式論理という文法はどこから生まれたのかとよくよく考えてみれば、それもやっぱり人間の行動と五感を通して生まれたものなんだね。抽象的な概念に満ち溢れているように見えても、それは何段階も抽象化を重ねたからであって、もとはみんな人間の分かり易い五感と経験から抽出されたもので、公理というのはそれ以上は人間の五感で決着のつかないものをとりあえず最小限の項目にまとめただけのものに過ぎないんだよ。そう考えると、数学という言葉もその他の言葉も、およそ言葉というものは、まず先に自発的行動というものがあって、そこからすこしずつ抽象化を重ねて生み出されて来たものに違いないんだ」

「まさにそういうことね。この間ロボットの研究会に呼ばれて話をした時もね、なんで私のような細胞生物学者がここに呼ばれたのって聞いたの。そしたら……何か目的を与えてそれに向かって自発的に行動するということがなかったら、ロボットが言葉を生み出すなんてことは絶対に起きそうにない。だから細胞は生き残る目的に向かって進化してきたんだという私の考え方から、何かヒントを貰えないかって考えたのだって言ってたよ」

「面白いね。長い間、目的という言葉は研究者には禁句だったはずなのにね。科学がやっと『自発性』という難題の壁にぶっつかり始めてるんだね。なんといっても自発性の創始者は細胞……だもんね。ひとたび細胞という命の塊ができてしまえば、そこにはそれを維持するための自律のメカニズムがビルトインされているはずだからね。そう考えてみれば、命、自発性、自律性、目的という言葉はみんな、『細胞』から生み出された言葉に違いないんだよね」

「そのとおりなの。だから私は、擬人法で科学すると非難されるけど、目的という言葉で丹念に精密に細胞の行動を追い詰めていけばいつか必ず、細胞に命が宿るとはどういうことか理解できるはずだと思ってるの。あなたの言う通り、目的という言葉はこれまでの物理や化学という科学には禁句だったでしょうけど、生物には逆に切っても切り離せないものなのよ」

「だから僕は君の擬人法は君の癖なんかじゃなくて、細胞自身が要求している必然なことだと思ってるよ」

私はワインを飲み干しながら続けた。

「それにしても、生物学者ってさぁ、命そのものを論じないよねぇ。なんでもっと真剣に、命って何？　物が自立して動くってどういうこと？　って議論し合わないのかなぁ……。〝自発的に動き廻る〟って本当に不思議なことなんだから、その不思議を実現している〝命の世界〟を考える論理は、外力を受けない限り動かない物質の世界の微分方程式のような単純な論理とは絶対に違うはずだとどうしてもっと真剣に悩まないのかねぇ。そうすればおぼろげでもいつかは〝生命を扱う論理〟……みたいなものに辿り着けるはずだと思うんだけどねぇ」

「そんな事悩んでたら論文書けないからね」

まりなは言下に切り捨てた。私たちの議論はいつもここで終わる。

農閑期だった里山は3月に入ると、長く咲き誇っていた水仙も終わり、再び勢いを増し始めた雑草に追い立てられ急に忙しくなる。ナイロンの紐を回転させて雑草を刈り取るナイロントリマーという機械で庭周りと畑周りの雑草を刈るのが私の役目で、まりなはと言えば、鍬で畑を耕し、そこに見出した長い根っこのクグなどの雑草を根気よく一つ一つ抜き取り、そこにジャガイモなどの季節の野菜を植えていく。３月に入って一番厄介なのは田んぼの仕事で、これればかりは二人だけではどうにもならず、毎年様々な若者の助けを借りて、田起こしから田植えまでをこなすことになっている。今年も田起こしを去年と同じ若者にお願いし、畦塗りだけはまりなが一人でやり終えていた。

後は田植えを待つばかりとなった4月の心地よい春のある日……。

「大場さん、そんなんじゃダメ。もっとこのくらいに少なく摘んで植えるのっ」

まりなは手に持った苗の塊から数本を摘んで見せて言った。この最後の「のっ」は若い男たちを半ば叱るように、半ば励ますように言う時のまりな独特の上に上がる抑揚であった。大場さんは「はっすみません」と素直に教えを受けながら細身の身体を折り曲げて、浅い水面下の柔らかい地面に懸命に手にした数本の稲を植え付けた。二人とも足から腰までスッポリ入るゴム製の田植え衣を着て、水をたたえた田んぼに腰を伸ばしたり屈めたりを繰り返しながら、すでにかれこれ1時間ほど田植えを続けている。邸内のさほど広くない田んぼは半分ほど稲が植え終わっている。

「そろそろコーヒータイムにしない？」

私の上からの呼びかけで二人はしばらく続けた後、手袋を脱ぎながら石段を重い足取りで上り、居間の前のテラスの椅子に、やれやれという表情で腰を下ろした。階段の途中から高く伸びた銀杏の枝々は、春を迎えてわずかな芽吹きのつぶつぶを見せ、力強く母屋の屋根にかぶるまでになっている。テラスに座ってそれらの枝越しに視線を伸ばした眼下には、田植えの終わったばかりの田んぼが村一面に広がっている。村を囲む山の切れ目からは遠く丹沢を背にした海も垣間見えている。

「いい眺めですね〜」

大場さんはテーブルのコーヒーを口に運びながら感に堪えぬように呟いた。

「いいでしょう」

まりなもコーヒーを口にしながら、常日頃からの思いを来客に確かめるように語尾を持ち上げるように言った。机の上にはいつもの私特製の５種類のフルーツのワイン漬けデザートも載っている。里山生活の至福の瞬間である。

今年の田植えに引っ張り出されているのは、誰あろうＮＨＫ出版の編集者の大場さんである。このところ、まりなの本を作りに、要所要所で東京から遠くこの里山まで出向いてくる方である。それがたまたま田植えの時期とかさなり、

「あなたも机ばっかり座ってないで田植えを手伝ってよ」

とまりなは、あろうことか執筆中の本の編集者をそそのかして農作業の手伝いに引っ張り出しているのである。まりならしい手荒な誘いを楽しむかのように大場さんも、嫌な顔一つせず、それどころかデスクワークに明け暮れる日々とはかけ離れた都会離れした農作業をこころから楽しんでいるふうにさえ見える。

そもそも大場さんとまりなのつながりは関西時代に始まる。彼女が初めて著作を発表した時、遠く東京から手紙で、

「次の著作は是非私のところでお願いします」

と言ってこられたのである。まりながそれをひどく喜んでいた笑顔を今もはっきり覚えている。何しろ学内で徹底的に干された状態にあった時だから、よほど嬉しかったに違いない。それから里山に引っ込んだまりなは、他にも手ぐすねを引いて待っておられた哲学書房の中野幹隆さんから、「そろそろ仕事の社会還元を考えられては……」と老練なお勧めを頂いて、一冊の本を出していた。それが『性のお話をしましょう』であった。それで関西時代から発表し続けてきた著作活動は一通り終わったと思っていた所に、大場さんからの電話だった。

「来週の火曜日にね、ＮＨＫの人が来ることになったよ」

「ＮＨＫ？　またインタビューかなんか？」

「そうじゃなくて。大阪にいた時に今度本を書く時は是非僕にやらせて下さいって手紙をくれた人がいたでしょう？」

「あぁ大場さん。ＮＨＫ出版の人ね」

私はその手紙を鮮明に覚えていた上に名前まですぐに出てきた。

「彼が是非そちらにお邪魔したいけどって言ってきたの」

「いよいよ何か書いてってこと？」

「多分ね」

「でも、もう、細胞について言いたい事は言い尽くしたんじゃないの？」

「そんなことはないよ。これまでは細胞がどんな過程をとって複雑な生き物の体制を作り上げてきたか……って進化のことを書いてきたんだけど、一個一個の細胞自身が既に素晴らしい生き物なんだってことはまだ十分に書いてないからね。今度はそこを書こうと思っているの」

「なるほど。そうすると、再構築の話が中心になるってことか……」

「それも柱の一つね」

発生の途中でバラバラにされた細胞たちが再び再結集して発生の続きを始めるという「再構築の研究」こそは、まりなが長い大学での研究生活でKさんと共に心血を注いで観察してきた現象であった。

こうして大場さんの里山通いがはじまったのである。

こんな成り行きであっただけに２００６年の末から始まった著作の進行はいつになく早く、２００８年の４月の今はもう校正の段階になっていた。田植えはその作業の翌日の朝から始まったのであった。

「ところで、本の題名はどうしましょうか……」

大場さんは緑の溢れる村の光景に視線をやりながらさり気なく言われた。

「私は、細胞の思い……くらいでどうかなって思ってるけどね」

「細胞の思い……いいですね。僕もそんなふうなのかなと思ってました」

「そうお。それは良かった」

まりなも手にしたコーヒーをそっとテーブルに戻しながら嬉しそうな笑顔を浮かべた。

「それと……副題も考えなくちゃなりません。私は、〝この小さな命の源を見つめて〟……みたいなのはどうかなって、ちらっと思ったりしています」

「それだったら、〝自発性の源を見つめて〟……っていうのはどうですか」

横で聞いていた私は思わず口を挟んでしまった。

「あっ、それはいいですね」

大場さんは私を振り返りながら、意外にも即座に賛同を示してくれた。

「それは私も賛成。この人は〝物言わぬただの物質が集まって、自発性を持つようになるということほど不思議なことはない〟といつも口癖のように言い続けている人だからね。それに彼はどういうわけか、昔からこういうフレーズを考えるのが上手いのよね」

私は思いがけない成り行きに照れながら、まりなが初めて本の出版に関わった時のことを思い出していた。それは *Body Time* という膨大な厚みのある本の翻訳だった。この時も今と同じように最後に本の表題と副題が問題になったのだが、表題は原作のまま『ボディタイム』とすぐに決まったが副題がなかなか決まらなかった。その折〝ヒトであることを忘れた現代人〟という副題を提案したのは私だった。この時も編集者が即座に採用してくれたのであった。まりなが言った、昔から……というのはその時のことを指しているのだった。

ところで、この時期まりなは、著作執筆という全知全能を傾けても思うような結果を達成できるとは限らない仕事をしながら、労力と時間を取られるもう一つ別の任務を果たそうと頑張っていたのである。

それは大場さんからの話と前後してまりなの教え子だったRさんからかかってきた電話から始まったことである。

「天野さんの奥さんのよし子さんが認知症になったらしい」

「天野さんの奥さん？」

久しぶりに聞く名前だった。

「いま何歳くらい？」

「83くらいかな……。身寄りがなくてどうしたらいいのかなっていう相談だった」

天野さんというのは、人工海水で右に出る者のないほどの世界的権威で、まりなの実験材料だった海のヒトデの研究には欠かせない人だった。細胞は意志を持った生き物なんだという今執筆中の著作の核心となっているまりなの思いは、研究生活の全期間を通して取り組んだ「ヒトデの発生過程における再構築」という実験を通して辿り着いたものであった。そのヒトデを研究室で飼うことを可能にしたのがほかならぬ天野さんの人工海水であった。彼は完璧な職人で世界最高水準の人工海水の技術を確立しながらその特許を取らずに亡くなったのである。まりなの粘り強い説得にも「特許を取れば人に知られてしまう」と耳を貸さず、世界的財産はついに引き継ぐものなく、この世から露と消え失せてしまったのである。

その天野さんが亡くなって10年が経ち、いままさに「ヒトデの再構築」を通して辿り着いた細胞への愛を謳いあげようと執筆を始めたその時に、その未亡人が認知症の苦境に陥っているという知らせが来たのであった。不思議な成り行きと言うほかはない。まりなに迷いはなく、全てを中断してすぐさま大阪に出かけて行った。

数日後、車で駅に出迎えた私は海岸を走りながら首尾のほどを聞いた。

「相当だよ。はじめはニコニコと歓迎してくれたのに、一緒に部屋でご飯を食べているうちに、ところであんた誰だ……と急に怒り出したり、昨日まで母親が居たのにあんたが追い出したんだろうとか言うし、そうかと思うと、あんた今日は二階で寝なさいと布団敷いてくれようとしたり……ね」

その間にも、よし子さんの家に寝泊まりしながら、手筈を進めていたまりなは、戻ってくる度に様々な認知症状の進行具合をさして苦にする様子もなく話してくれた。

「お母さん、どこに行ってしまったんかなぁ。いつも一緒だったのになぁ、おかしいなぁと二階の方をじいっと見たり、ここにお金があったはずやのに……あんた盗ったんやろ、そんなこと言いながら結局一緒にご飯食べたりね。とにかく突然怒り出すんだよね。懇ろに話が出来てるなぁって思ってると、あんたにそんなこと言われる筋合いないわ、直ぐにここを出て行きなはれってね、急変するんだわ」

「どうするの、そんなとき？」

行き場のない状況としか思えない話なので思わず身を乗り出して聞く私に、まりなは平然として答える。

「うーん、その辺を30分くらい歩き回って戻るのさ。あんたどこ行ってたんや？　ってケロッとして迎えてくれるよ」

「そうか、結構進んでいるんだね。……これからどうするの？」

私は、まりなが昨日までの異常な体験を実験結果でも話すようにさして感情も交えずむしろ楽しんでいるようにさえ語ることに、またこれにも深入りするのかしら……と一抹の不安を覚えながら聞いた。

「うーん、まぁそのうち方向が出てくるでしょ」

案の定あまり苦にしている様子もない。

「誰か後見人みたいな人いないの？」

「居ないね。子供も居ないしねぇ、今度皐に相談してみようと思ってるんだ」

「皐に？」

「皐のお母さんがこういう時どうしたらいいのか詳しいでしょうからね」

皐の母親は看護師を引退してから仲間と介護の仕事を手広くやっている。

「なるほど、それは名案だ……」

私は少しほっとしながら海岸を通り抜け我が家へと向かった。

それからのまりなは、執筆作業の傍ら頻繁に大阪に向かうこととなった。

まず皐の母親は自分が育て上げた一番弟子の南さんという人を紹介してくれて、彼とまりなの協力のもと、介護の体制を進めることになった。しかしそれは出だしから躓く。最初の病院で認知症にあらずとの思い掛けない診断が下ったのだ。認知症の診断がなければ介護には入れないと困り果てていた南さんによると、

「その時まりな先生が、そんな馬鹿な診断があるものか……とえらい剣幕で怒らはって、これは介護が受けられないケースになるかもしれないと悲観する私を追い立てて、こんな所に長居は無用って言われて、結局別の今度は精神科のあるところへと出直すことになったんです。そしたらなんと、これは脳疾患からくる特別なタイプの認知症であるとの診断が下ったんですよ。幾晩もよし子さんと過ごしていたまりな先生には、認知症であるという確信があったんですね。僕も事務所から帰る時に交差点の角にある石に腰掛けて本を読んではる先生を何度か見かけたんです。もう夜の10時を過ぎてるんですよ。先生なにしてはるんですかって聞くと、よし子さんと喧嘩して追い出されたんだと言わはってね。そろそろ帰っても良いかななんて、ケロッとされてるんですよ。なんぼお世話になった人の未亡人か知れへんけど、なんでそこまでしはるんか……と、変わった人やなぁと不思議でしょうがなかったですよ。だけどこの時の先生の、何としてもこの人にちゃんとした介護体制を作ってあげるんだという揺るがない姿勢を見て、

私は芯から心を打たれましたわ。あ～この人は自分らが今まで出会ったことがないような大きなスケールの人なんや。そういう思いに捉えられましたねぇ」

こうして無事に介護認定を受けることができても、またすぐに次の難題が浮かび上がっていた。お金の問題である。未亡人には天野さんのかなりの資産が相続されていたのだが、問題はそこから介護費用を誰がどうやってひきだすかということだった。いろいろな手立てが追求されたが、結局は本人の承認が前提になるというところで行き詰まった。なにせ本人が何もわからなくなった認知症というのではなかった分だけ厄介だったのである。

銀行もそれまでそれなりに工夫して、内々に一人の女子行員を専任として、よし子さんの通帳を預からせ、月々の費用をなんとか工面していた。そんな経過の中で国債が満期になったからと知らせがあり、南さんがよし子さんを連れて梅田の郵便局に出向き、女子行員もそこで落ち合い、数百万もの換金されたばかりの現金を郵便局から銀行へと振り替えるという離れ業も行われた。

「あの時、僕はあんな大金手にしたの初めてでしたから、ほんまに足が震えましたわ」

と南さんは述懐している。しかしこうした危うい綱渡りの行われるうちに、南さんは突然くだんの女子行員から、私はもうこの役をお引き受け出来なくなったのでと、通帳と共にこれからはあなたがやって下さいと告げられる。困った南さんが改めて銀行に出向くと、

「あんたがグルで危うい事をやっているんじゃないか」

と脅しまがいのことまで言われてしまう。銀行の上司の交代と共に、銀行の内部でのそれまでの柔軟な対応が問題となった結果であったらしい。困った介護関係の人たちは、まりなが後見人となるしかないとの認識で一致したが、銀行は血縁でもない彼女に後見人としての資格は認められないと執拗に拒み、それればかりかまりなにまで、脅し口調で対応するようになった。それは家にかかってきた電話のやりとりで私も身近に聞いて知っていることだった。銀行の豹変ぶりにショックを受けた南さんは、

「最後は裁判も覚悟しなくてはならないかもしれないな……」

と夜も眠れなくなるほど思い詰めたらしい。しかしまりなは、

「南さん大丈夫。私に任せなさい」

と単身銀行に乗り込んで直談判をし、「早急に正式の後見人を決めるから」という条件と引き換えに、とりあえずの資金として十分な金額の振り込みをまりなの口座で行うことを銀行に認めさせることになった。

「銀行からね、上部の判断で正式にそう決まったから書類を取りに来るようにと相変わらずお情けを施すような連絡があった時ですわ、先生、えらい剣幕で、それが大金を貯金してきた人への対応なんですか？　と啖呵を切りはってね。銀行さん、慌ててとよし子さんの家まで手続きの書類を持ってきはったんですわ。ほんま、あの時のまりな先生、かっこ良かったですわ」

こうして、約束通り、大学のセクハラ裁判で懇意になっていた弁護士の力を借りて別の弁護

士を正式の後見人に据えたまりなは、振り込まれた生活費のその後の処理法、よし子さんの介護体制、そして少なからぬ金額の相続の手筈など、全てを完璧に作り上げたのであった。

「南君、後見人も決まったし、今日から私たちはただの友達。飲みに行くからついといで」

介護の体制の目処がついて、役割から解放された日、まりなはそう言って南さんと飲みに出かけたのだという。

「まりな先生とよし子さんのこと一緒にやっているうちにね、私は、いや私だけじゃないですよ。僕の事業所の他のヘルパーさんたちみんなですわ。みんながいつの間にか変わってしまってたんですよ。他の事務所の人らが、あんたら、なに考えてんねん。そんなの無理にきまってるわーみたいな時でも、うちのヘルパーさんたち、いや出来るんや……と皆言いよるんです。みんないつの間にか、出来へんという前に、まずやってみようっていうふうに変わってしもうてたんですわ。これ明らかに、まりな先生の影響ですわ。そうか言うて先生、僕らに説教めいたこと一遍も言われたことないんですよ。これほんまに不思議なことでしたね」

わざわざ関西まで出かけて、そこまでしなくてもと南さんに言わしめた厄介な仕事を見事に片付けたまりなは、中断していた農作業やKさんとの共同研究で東京に出向くという忙しい日々をこなしながら、遂に新しい著作を完成させたのであった。どれに手を抜くということもなく、どれもちゃんとやり遂げる。私と比べれば人生を優に5倍は濃密に生きていると言うほかはなかった。

そんな経過の中から世に出た本の題名は、幾らかの曲折を経て『細胞の意思』と決まり、その下に小さく〝〈自発性の源〉を見つめる〟の副題がつけられていた。

この本は発行と共に大きな反響を呼び、いくつもの新聞に書評が掲載され、様々な方面からのインタビューを次々に求められる成り行きとなった。それは、『細胞の意思』という擬人法を全面に押し出した挑戦的な表題にもかかわらず、たくさんの図と写真との参照を求めながら、根気よく事実のあるがままの姿を伝えようとする研究者としての真摯な姿勢と、文章の端々に溢れ出る、細胞の生き物としての目を見張る「自発性」を世に知らしめようとする彼女の情熱が、理系文系の区別なく、読者の心に広く深く届いた結果ではなかっただろうか。

特に、第4章「始原生殖細胞の旅」と第7章「極限状態から立ち直る細胞たち」を語るまりなの筆致は、細胞の生き様を、愛娘を愛でるかのように慈しみながら、それでいて、あたかも手練のドキュメンタリーを見るが如くに、冷静、精密に活写して余すところがなく、科学の読み物を超えた美しささえ感じさせられるものとなった。そのあまりの美しさに、私には、もしかしたらこれはまりなの「白鳥の歌」ではないかしらという思いさえしたのであった。編集者の大場さんも制作中のまりなとのやり取りの中で次のように述べている。

「最終章（7章）、何度も熟読しました。シビれました。バラバラにされた細胞たちが再会して、以前の姿を作り直していくプロセスは、まさしく感動的です。『知恵』という言葉が何度も出てきましたが、内／外の区別に関する細胞たちの営みには、まさに舌をまくほどの知恵が感じられます。遺伝に関する考察は、大変示唆に富んでおり、本書の締めくくりにぴったりだと思います。そして一番感動的なのは、これらの営みを曇りのない目で観察し、それを読者にわかりやすく伝えようとする著者の情熱です。著者の観察や思索が熟成されて結実した素晴らしい原稿で、編集担当として自信を持って読者に送り届けることができます。本当にありがとうございました」

そして、まりなはこの本のあとがきに次のように記している。

「本書を読み終わって、細胞というものが単なる固い入れ物ではなく、原子のように小さく規則的なものでもなく、私たちと同じように、さまざまな状況を把握し、思案し、あの手この手で切り抜けていく〝生活者〟であることを、感じ取っていただけたでしょうか。細胞をＤＮＡの入れ物のように見せたり、タンパク質たちが働く工場建造物のような固定したものに感じさせたりしているのは、実は私たち人間の頭脳の偏狭さによるものなのだということも。

科学的考え方は、複雑なものごとを要素にわけ、要素間の関係を解析することで多くの成果を残してきました。……。ものごとの解析や、その結果の応用にこれほど優れた私たちの頭脳は、しかし、解析した結果を総合すること、複雑なものを複雑なまま理解することが苦手のようです。

もともと人間が自然の成り立ちを知りたいと思ったのは、なによりも自分たちがどこから来て、なぜここにいるのか、生きているとはどういうことなのかを、理解したかったからではないでしょうか。そのために自然を解析し、生き物を見つめてきたのです。こうした科学的な活動の結果として、今、私たちは整理に困るほどの膨大な知識を手中にしています。ここで複雑さから逃げては何にもなりません。個別の知識の糸を少しずつ紡《つむ》いで、複雑なものの姿を描き出すための材料は、すでにじゅうぶんに蓄積しているはずです。

生きている私たち〝人間〟を知るための最初の一歩は細胞から。生き物の最大の特徴である〝自発性〟の根源としての細胞を理解できずに、人間を理解することはできないでしょう。その細胞は、膨大な種類と数の化学反応の、想像を絶するほど複雑なバランスのうえに成り立っているものです。走り続けることで成立しているこのようなシステムを、分子メカニズムとしてとらえ尽くすことはできません。

……、私たちが細胞を〝生き物〟と認めることができさえすれば、これまで気付けなかった多くのことが見えてきます。細胞を私たちと同じ生き物と認め、共感をもってこれに寄り添うことが、やり方によってはけっして擬人的でも、情緒的でも、非科学的でもなくできることを、私は本書で実例をもって示したつもりです。

読者の皆さんにとって、細胞がこれまでよりほんの少しでも身近なものに感じられるようであれば、本書を記した私の目的は果たされたことになります。けなげな細胞の姿をもっとよく知りたい、と感じていただけたようであれば、これはもう、大成功です。

最後に、あちこちと気の多い私の原稿を根気よく待ち続け、田植えや稲刈りに休日返上で協力を惜しまず、はてはギクシャクとした私の文章の凹凸を均《なら》す努力まで注いでいただいた編集者の大場旦さんに、この場を借りて感謝いたします。本書が出来上がれば、もう田植えを手伝っていただけないかもしれない、という恐れが私の筆を遅らせたのかどうか、この点は読者のご想像におまかせしましょう」

第6章

里山のまりな

「私、イギリスに留学します」

それは、那央とのスカイプを終えた直後に、那央自身から来たメールだった。読んだ途端、私は後頭部を鈍器で殴られたような衝撃を受けた。なぜスカイプの間に言わなかったのか……いやそれ以上に、その内容があまりにも唐突であったからだ。そんな話を何も知らされていなかったから、まさに青天の霹靂。まりなはたまたま外出中だったので、私はすぐに皐に電話して事の真相を確かめた。すると事実は那央をロンドンでの一週間ほどの英語学習コースに行かせてやりたいという皐の思いから始まったことであったことが判明した。

「やれやれ、それを留学と言ったのか……」

那央らしい説明不足と苦笑する私の耳に、さらなる追い打ちが待っていた。

「この私の考えをばあばに話したら、それなら私が連れて行ってあげると言ってくれたので、それならと、あっという間に実現の運びとなったってわけなの」

「なんで僕に内緒で？」

「彼に言ったら必ず反対するから、私が適当な時に話すから、それまでは黙っておきなさい……とばあばに言われて……」

という次第だった。どうやら、最近私がまりなのやる事なす事に止めに入るということがこうした運びになった原因らしい。

実際このところのまりなの活動の激しさは多方面にわたり、いささか度を越すものがあった。

もしこれでロンドンに行けば年内だけで外国旅行が3カ国目となる。

那央をロンドンの会話学校にやりたいという皐の密かな計画を二つ返事で引き受けたまりなの念頭には、オックスフォード大学にいる一人の若い女性Eさんがあっただろうことはすぐに推測できた。

そもそもEさんというのが、大震災の有り様をこれまた自分の目で見ないではいられないまりなが現地へ向かう夜行便のバスで隣り合わせになった人で、NPOとして、国連の仕事を次々と渡り歩いている活動家だった。まずその辺でたやすく出会えるような若者ではなかった。そのEさんとバスの中、一晩中話し込んですっかり意気投合した二人は、国連の正式職員になるにはオックスフォードの大学院である資格を取る必要があり、その為に来年から渡英するので、その間に是非ロンドンでお会いしましょうとの約束まで交わしていたのだった。

そういう経緯はまりなから聞いていたから、那央の件は突然で驚きはしたが話の流れとしては納得のいくものであった。しかし私の心配はそれでは収まらない。この所のまりなのあまりにも矢継ぎ早になされる多方面への行動が、どこか生き急いでいるかのような異常さを感じさせるのである。それでも私は、まりなと那央が二人だけでロンドンへ行くこと自体には、ある種の嬉しさを感じていることも事実だった。2歳の頃、口を真一文字にしてどうしても言おうとしなかった呼称を初めて口にしながら、「はい、バーバ」と那央が差し出した白い花。それをその小さな手ごと頬に押し当てながら幸せそうに受け取ったまりな。あの忘れ難い瞬間から二人の間には何か目に見えない糸で結ばれた縁が感じられるのである。意志が強く弟たちから変人とまで呼ばれる個性の持ち主となった那央と、全ての人に邪心なく公平無私を貫くまりなとの間に不思議な親和性が働くのもこの縁の現れではないかと思えるのである。

そんな二人が二人だけで外国を旅する。考えただけで楽しくなる話だった。

こうして私は、二週間の休みを取ってやってきた那央とまりなを乗せて成田に向かい、そこで一泊して旅行前の楽しい時間を過ごした後、翌朝早くの便で飛び立つ二人を出発ゲートまで見送った。私に内緒で運んだ計画だったのに、まりなは成田のホテルから見送りまで私が全てを整えるだろうことを当然のことのように受け入れ、那央と二人で、見えなくなるまでニコニコと手を振ってくれた。

そもそも皐の頼みで那央とスカイプを始めたのは小学6年になったばかりの4月からのことだった。

「スカイプ？」

初めて頼みを聞いたとき、私は思わずそう聞き返したくらいスカイプのスの字も知らなかった。ましてそれが机を介して向き合って教える家庭教師と変わらぬ感覚を生み出すことなど想像もしないことだった。とも角それは便利で効果のある学習法で、中学へ進んだ那央は、たちまち素晴らしい成績を示すようになった。

ロンドン滞在中Eさんの部屋に泊めてもらっていた二人の様子をリアルタイムで知ることが

できたのもスカイプのお陰だった。まりなは午前中は那央の講習の間、一人で適当な観光に時間を使い、那央と合流する午後からは、大英帝国博物館などを主に見て回っているとのことだった。さすがにまりなも歳には勝てず、午前中から歩き回っている疲れから、もうあっちのコーナーは止めようよ、と度々提案したらしい。しかし那央の好奇心はおさまらず、毎回ものすごい量を見て回っているとのことだった。それでもまりなは悲鳴をあげながら、

「私はこの旅の間、一度も中学生と歩いているという気がしないの。那央ちゃんは礼儀正しくって向学心があって、大したもんだよ」

と珍しく褒め言葉を口にした。そうした報告の中で、明日からEさんの案内でエディンバラに行くという話をさりげなく伝えられた。その瞬間、観光として当然の経路であるにもかかわらず、私の脳裏には漠とした不安が過ったのである。まりなが密かにこの旅行に込めていた思いにハタと思い至ったからである。スコットランド出のアメリカ人だった母ジーンさんの故郷ともいうべきエディンバラを訪ねたい……という思いは、まりながこれまでもふとした折によく口にすることだった。

「やはりまりなは……」

私は膨らむ不安を胸に押し込んだ。

2週間後、写真に興味のない二人はろくな記録も残さずに最高に楽しかったと笑顔満々で帰ってきた。肝心の語学研修そのものには大した効果は感じなかったということだった。写真

好きの私は、いつもであれば、そうした旅の記録を強く求める方であったが、この時ばかりは語学研修も写真もどうでも良かった。私だけでは思いつきもしなかった那央とまりなの二人旅。その二人の旅は二人の中だけの密かな記憶としてしまっておいて欲しかった。私の知らない那央との思い出がまりなの中にできた。そう考えるだけで嬉しく、私たち夫婦の長い年輪にまた一つ掛け替えのない年輪が刻まれた……と思えたのである。

その年の9月の初旬のことだった。早朝から私たちは3カ月毎に受けている定期検診に出掛けた。私たちのかかりつけの病院は半島の反対側にある名のある大きな病院で、そこへ向かう半島の真ん中を走る道は、大半が田舎道や山道で緑に溢れ1時間余りのまたとないドライブコースであった。

「いつまでこんな楽しい気持ちで病院に向かえるのかねぇ」

走るたびに、病院に向かう道とは思えない楽しさに、私はいつも同じ感慨にとらわれ、同じセリフを口をにする。そんな時、助手席に座るまりなはまず何も言わなかったが、それは同じ気持ちであるということにほかならなかった。検査の結果は今回も可もなく不可もなく、特にまりなはコレステロール値以外は理想的な健康値を維持している。コレステロールも半分西洋人であることを考えるとそんなに深刻なものではないといつも診て下さっている女医の先生は言う。そしてそんなことより、高校の同窓生であるという私たちに殊の外興味を注いでくれて、生物学は勿論、まりなさんは高校生の頃どんな高校生だった？　などと診察室らしからぬ会話を楽しまれるのである。

「私はこの後、ちょっとこれを診てもらいに4階の形成外科に行ってくるわ」

診察室を出るとまりなは親指を見せながら言った。

「予約はしてあるの？」

「したよ、勿論」

親指の爪に黒い線があると気付いた時は、ネットで調べ上げて、メラノーマではないかと最悪の事態への恐怖に怯えたのであったが、幸いにも研修中のような若い先生に、

「念のため半年後にもう一度診せてもらいますが、まず心配はいりませんね」

と事もなげに言われた。そんな経緯の後のことだったので、4階に向かい、まりなが形成外科の診察室に消えてからも、私は一人備え付けの血圧計で血圧を測ったり、置かれているパンフレットを読んだりしながら気楽に時間を過ごしていた。ところが……。30分を経過してもまりなは出てこない。それでも最悪への懸念が吹き飛んでしまっていた私は、

「また何を話し込んでいるんだろう……」

ここも女医さんと判っていたので、女医さんとまた何か話がはずんでいるんだな……くらいに考えて、人もいなくなった診察室前の廊下を行ったり来たりして待ち続けた。

更に1時間が過ぎた。俄かに私の中に一度消えた恐怖が蘇ってきた。

「もしや……」

その時、診察室からまりなが出てきた。親指は大きな包帯で覆われていた。

「やっぱりメラノーマだって。どこまで進行しているか調べるために患部の細胞を取ってたの。たぶん初期だから大丈夫と思うけど、ステージ３以上だとチョンだって」

とまりなは他人事のように手で首を切るようにして言った。しかしさすがに腹の据わったまりなでも動揺は隠し切れず、視線が虚ろであった。

「前の時にちゃんと調べておけば……」

研修医のようだった若い医者を思い出しながら、私の中に忌々しさが募ったが、今はそんなことを考えても詮無い事と口をつぐんだ。入ってきた時の気楽な気分は吹き飛び、黙々と会計を済まし、黙々と薬をもらい、お決まりだったカフェにも立ち寄らず、駐車場のある屋上へ向かった。

「今日がその日だったのか……」

帰路を走りながら、朝方の自分が発したドライブ気分の楽しい気軽な言葉が脳裏を過る。私は言葉を飲み込みながらひたすら朝来た道をもくもくと運転した。

二週間後同じ診察室に二人で入ると、担当の女医の秋山医師に、予想通りのステージ１のごく初期のメラノーマだと告げられた。そしてあらかじめネットなどで確かめた通り、今後の処置としては、

「万が一の転移の心配を無くすにはこの際、親指は第一関節で切断するのが最良の処置と考えます」

と先生は努めて事務的に言った。しかしまりなは、

「私は切りたくありません。それよりクオリティオブライフの方を選びたいと思っています」

この2週間の間に一人で考えてきた結論をまりなはやや気負った様子で告げた。私の胸はドキンと高鳴った。薄々そのことに気付いていたが今日まであからさまにその結論を話し合っては来なかった。

「旦那さんはどうですか?」

秋山医師も虚をつかれたのか、しばし沈黙の後、気を取り直したように私に聞いて来た。

「辛いですけど……、やはり切らなかった時の心配を考えると……この際切った方が良い……と思っています」

半世紀近く共に暮らしてきたまりなの体の一部が切り落とされる……、考えただけで胸が締め付けられる。それでも命を奪われるかも知れない恐怖に背中を押されながら、私は必死で言葉を繋いだ。

「切らなかったために後で再発した患者さんも何人も見てきました。それは悲惨です。クオリティオブライフどころではありませんよ。切れば安心なのですから、切りましょう」

先生も思いがけないまりなの抵抗を覆そうと、経験を総動員しながら、専門家らしい落ち着

いた口調で切断を勧めた。

それでも、まりなは唇を噛みながら同意を口にしなかった。

「それでは、もう１人患者さんが待ってますので、その後でもう一度話し合いましょう。それまでお二人でよく相談してください」

先生の提案でひと先ず診察室を出て時計を見ると、なんと部屋に入って40分が過ぎていた。

廊下にたくさん待っていた人たちの姿はすでになく、私たちは人気のなくなった診察室の前の椅子に座って、長い沈黙の時を過ごした。

「切っても運転もできるそうだし、パソコンも使えるって先生も保証してくれたんだから……。鍬が持てなくなっても、畑は僕が耕すから……」

私はやっとの思いで口火を切った。

「どうだかねぇ……」

いつもの私の実行力のなさを揶揄するその言葉に、まりなの気持ちの揺らぎが伝わる。

「何を言ってるの。そんなことになって手伝わないはずないでしょう」

私は今を逃してはと必死に説得した。

「転移してたらクオリティオブライフも何もないよ。命が第一だよ」

「じゃ〜、切ることにするか……」

しばらく黙っていたまりなは椅子から背を伸ばし天井を見上げながら、ポツリと言った。引くも地獄、引かぬも地獄。まりなの無念が私の全身を貫いた。

「うん。そうしよう」

私はまりなの肩をつよく抱き、励ますように言った。

まもなく、ドアが開いて再び診察室に呼び込まれると、秋山医師は、椅子をこちらに回転させながら、

「どうなりましたか、お話し合いは？」

とさっきまでの流れを引き継いだまま、長い議論を覚悟した様子で語りかけた。

「切ることになりました」

私は思わずまりなを差し置いて答えてしまった。

秋山医師は心なしかホッとした表情を浮かべてまりなの方を見て、その言葉を待った。

「先生は切りたいんでしょ」

まりなは笑いながら言った。いかにもまりならしい承認の答えだったが、秋山医師は苦笑しながら、

「結局その方がクオリティオブライフですよ」

とまりなを励ますように言った。

共に女性として、医学と生物学に励んで来た二人の間に、不思議な信頼の空気が流れた瞬間だったような気がした。

先生は手術の日を２週間後と決め、私たちはそれぞれの沈黙の中で、いよいよ今まで通りの生活は望めなくなる……、これからどうなるのだろう……との不安を胸いっぱいに抱えながら病院を後にした。

帰宅後まりなは、

「本当に切らなければいけないのか、セカンドオピニオンを聞いてみたい」

と言い出した。私も同意してすぐさまネットで調べ、翌日国立がんセンターに電話すると、

「当該病院の同意をとり、診断書を持参して受付に出してもらえれば、早くて２週間程度で判断をお伝えできます」

と手慣れた応対を受けた。秋山医師に電話すると快く承知してくれて、手術の日取りをさらに３週間後に延ばしてくれた。進行の早い悪性のガンだけに、手術の延期は心配でならなかったが、初期だからそんな心配はいらないと保証してくれた。

それからの２週間、私たちはがんセンターからの電話を息を殺して待った。長く辛い時間だった。私はいつものように夕食の後、散歩に出る。10年続けている私の夜の散歩は自分の健康のためということもあったが、まりなより一日だけ長生きするという覚悟に裏付けされてもいた。定期検診で病院に行くと、点滴を吊り下げた車椅子を押している中年の婦人をよく見かける。乗っている老人は婦人の年老いた親に相違ない。私はそれを目にする度に子供のいない自分たちのこれからを考える。そしてどう見ても私が乗ってまりなが押している姿はイメージ

が浮かばないのである。それではまりなに甘えて生きてきた私の人生の辻褄があわない。ここはどうしても私が押しているのでなければならない。そんな覚悟を胸に、歩いて見上げる我が家はいつも真っ暗な山を背景に明るく輝いて見えていた。しかし今はその同じ灯りがどこか打ち沈み、弱々しく見える。

コレステロール値以外すべて信じられないほどの健康値を保っているまりなが……、よりにもよって指にできた小さな悪性腫瘍で、まるで、鉈で生木が打ち倒されるように、命を奪われるのか……。

「そんなばかな……」

それは病で徐々に弱っていくまりなを介護するんだという私の思い描いていた覚悟とはあまりにもかけ離れた事態だった。50年近くを共にしてきた人の突然の不在など想像を超えていた。

「いや、今回は多分、大丈夫だ……」

そう言い聞かせても、ひんやりとした闇は心の隙間に染み込んでくるばかりだった。私は暗い道に視線を落とし黙々と歩いた。しかし……とまた不安が頭を持ち上げる。

「不気味なあの指の黒い線……あんなに心配して診てもらったのに……。若い未熟な医師の診断で、半年の時間を過ごしてしまったばっかりに……。この半年が命取りになるかもしれない……」

後悔が大きく小さく波のように打ち寄せる。

そんな際限のない堂々巡りを繰り返して過ごした何回目かの夜道で、私の脳裏に突然、いつもと変わらず台所に立ってもくもくとジャムを作りつづけるまりなの後ろ姿がまざまざと浮かびあがった。まりなの豪胆さも、後ろ姿までは及ばない。そこには、これまで見せたことのない不安と悔しさと寂しさと闘うまりなの心うちがありありと滲み出ていた。

「そうだ。お前は何をしてるんだ……」

私の目から止めどなく涙が溢れた。

「お前が心配してるのは一人になった自分のことばかりじゃないのか。今の今、まりなは、どんな逃げ道もなく片時も晴れない不安と闘っているんだぞ……」

見上げる夜空には煌々と星々が輝いていた。

「よしっ」

私は散歩を切り上げ、夜道を急いだ。

「ただいま」

「あら、どうした？　もう散歩終わったの？」

まりなはいつもと変わらぬ落ち着きで私の突然の帰宅を訝った。

「急にコーヒーが飲みたくなってさ」

私は人が変わったように快活さを込めて言った。

翌日私たちは二人して畑に出た。私はまりなの指示に従って鍬を振り上げ、土を掘った。するとまりなはすかさず、白い包帯の上にタオルを巻いた左手を胸の前に棒のように折り曲げ、そこに挟んだバケツから、白い苦土石灰を右手にとっては畑に撒いた。私は今度は後ろからそれを土に馴染ませるべく鍬で土に掻き込む。私たちの初めての共同の畑仕事だった。

これまで、家の来客たちには、私が外回りの仕事に興味がなくまりなだけに農業をやらせていると思われてきたが、実際は農業以外の草刈りなどの外回りは全て私が一人でやっている。畑の周りに草がボウボウとなると、まりながマムシに出会わないよう草刈りをするし、特に来客の前の数日は、家周りを綺麗にする草刈りや来客用の料理の買い物などでいつになく忙しくなる。そして来客当日は、料理にかかり切るから外には出ない。それでも私は、ますます私は外に興味がないのだと確信するという次第だ。すると来客たちはまりなの農業を手助けすると決めている。畑を手助けするのは体力的、時間的に無理だと誰に憚らず思ってきた。しかしそれも、もう過去のこと。これからはまりなの農業を手助けすると決めている。まりなは一緒にする農業を私の想像以上に喜んでくれた。やり取りの言葉遣いからして優しかった。できればこんな不自由な手になる前からやればよかったという思いが過るが、これからを楽しめばいい……私に後悔はなかった。

しかしセカンドオピニオンは更に1週間先に延び、それに連れ手術の予定日もまた1週間先延ばしになった。ひたすら畑仕事に打ち込んではきたが、それは声を潜めたあまりにも辛い日々だった。

「こうして待ってるだけというのも辛いから、温泉でも行って紅葉でも見に行こうか」

延期が知らされたその日、私は、畑の隅にある桑の木陰に座って、あずきアイスを頬ばりながらさりげなく提案した。

「それはいいね」

まりなもアイスを頬ばりながら、珍しく弾んだ声で応じた。

話は早かった。三日後、中学生以来近づいたことのない浅草に向かい、東武線で日光湯西川温泉に向かった。スカイツリーの下のごみごみした街並みの中を縫うように走る車窓を眺めながら、

「エッフェル塔とは、えらい違いだ」

「ほんとに」

広々とした幾何学模様の広場に聳え立ったエッフェル塔に二人して圧倒された30年も前のことを昨日のことのように思い出しながら、私たちは流れる車窓に視線をやった。車中でもアイパッドを離さないまりなは、車窓に飽きるとゲームをしていた。私にはパッドを持つ左手の白い包帯の親指が痛々しく、もうすぐあの指がなくなるのか……と思うと可哀想でならなくなる。まりなが何かを説明する時の両手の、特に親指の動きは独特で、話の補助をして右に左に忙しく回転し、話の聞き手には無意識のうちに「まりなさんの両手の独特の動き」として記憶される。そのかけがえのない親指が……切り落とされてしまう。それが命との代償とはいえ、悲しいことに変わりはない。私は車窓に視線を逃しながら、そっと滲む涙を拭った。

駅で借りた車で辿り着いた平家の落人が切り開いたと言われる湯西川温泉はまさに秘湯で、行くところ行くところ稀に見る美しい紅葉に包まれていた。

「こんなに見頃とは思わなかったね」

部屋からつり橋を渡って辿り着ける、趣のある宿の食堂での夕食を前にして、私たちはどちらからともなく喜びを語り合った。ビールもまわり、私たちは、いつしか、この一カ月の重苦しい日々から解放され、人里離れた秘湯のひと時に身を浸したのであった。

翌日、私たちはまず、宿のすぐ近くにある平家の里という古びた展示場を訪れた。他に人影もなく、さして期待もせずに入場したそこには、幾つもの貧しい佇まいの家が軒を連ね、極寒の地を生き延びた平家の落人たちの厳しい日常が人形を使って再現されていた。その思い掛けない生々しさにいつしか引き込まれた私たちは、二人して丹念に説明を読み、貧しさの中で工夫された様々の道具に見入ったのであった。

「意外に面白かったね」

館の外に止めた車に戻りながらまりなは満足そうな笑顔を浮かべた。それから私たちは神社を巡り、来た時は通り過ぎただけの渓谷に歩いて下り、川に沿った紅葉の林を上下して、どこも真っ盛りの紅葉に「来て良かったね」と見所に立ち止まる度に言い交わしたのだった。私は、軽くて暖かいパーカーを着て、その上に小さなポシェットをたすき掛けにしたまりなが紅葉の中を立ち止まったり見上げたりして歩く姿を、後ろからあるいは前に走り抜けたりしながら撮り続けた。私の写真のために歩みを止めるということは、ヨーロッパ旅行以来まずないことなので、カメラスポットと思ったところでは「まりな！」と声をかけ、立ち止まったところを撮るのだが、ぐずぐずしているとすぐに歩き始めるから大変である。そして、ここから引き返すという川の最上流に架かる橋にまでやって来た。橋の中央から眼下を見ると、見事な渓流が上下に走り、両岸はどこまでも紅葉に埋め尽くされていた。私たちはしばし並んでその広い景色に見とれていると、

「あなたの写真を撮ってあげよう」

とまりなが珍しいことを言って手を差し出した。私はカメラを胸から外し欄干にポーズをとる。こういう時のまりなは自分が撮られる時とは打って変わって、ああでもないこうでもないと位置を探りながら時間をかける。

「はい、じゃ今度は君を撮ろう」

まりなが撮り終えたところで、カメラを取り返した私は、

「ちょっと上を見て」

と上視線のまりなを撮ろうと注文を出した。その時だった。

川ばかりに気を取られて、ふと見上げた周囲の山もまた、美しい紅葉に彩られているのに気付いたまりなは、思わず、

「あら、上も綺麗ね」

とニッコリと微笑んだのである。それは誰をも魅了してきたあの童女のような屈託のない笑顔だった。私はもちろん、その瞬間を逃すことはなかった。

こうして、私がふと思いついた温泉旅行は私たちに予想を超えた前向きの力をもたらした。それは関西時代に、大学の騒動に引きずり込まれてノイローゼになりかけたまりなを、動物園に引っ張り出した時と同じだった。あの時、私たちは思いがけなく出会ったオランウータンの子供の無心な姿に、「生きる」ことの原点を思い出したような気がして元気を取り戻したのであった。今回もまた、思いもかけず、極寒の地に生き延びた平家の落人たちのしたたかな生き様を目の当たりにし、味わったことがないほどひたすらに美しい紅葉に魅了されているうちに、何処からともない希望が、私たちの体の中に湧き出して来たのだった。

それでも、旅行から帰って二日後に築地のがんセンターに向かうバスの中では、さすがに差し迫る不安を前にして、私たちの気持ちは重く、交わす口数も少なかった。東京駅ではバスの遅れもなく面会までの時間に余裕があったので、一息入れにスターバックスに入った。

「こんなものを持って来たんだよ」

運ばれたコーヒーをひと飲みしたまりなはそう言いながら、外出時は肌身離さず愛用しているショルダーから、小さな匂い袋のようなものを取り出した。そして中から、小さな円盤状の木片を引き出して、私の前に置いた。

「あっこれ……」

私は思いがけなさに息を呑んだ。関西時代に、訪れた知人を案内して京都の広隆寺に行った折に、かねて探しあぐねていた弥勒菩薩の写真に出会ったのであった。大きな素晴らしいあの弥勒菩薩。私は飛びつくようにしてそれを買い求めたのであるが、まりなにも何か良い土産はないか……と探して見つけたのが、ほかでもないこの女性のお化粧コンパクトのような丸い栢植の木片だった。

それ以来30年。一度も思い出したことがないのに忘れていなかったそのすべすべとした感触。サイドにある見覚えのあるわずかな窪みにそっと爪を押し込む。スッと二つに割れて、その片方に……座した見事な仏様が現れる。

「おぼえてた？」

まりなは私の顔を窺うように見た。私は無言で頷いた。

「いつも机の片隅に置いてあったんだけど、昨日ひょいと思い出して持って来たの」

どんな困難にも「命までは取りに来ないさ」の一言で平然と構えて乗り越えて来たまりながら……。

私は何か言おうとしてもぐっと喉がしまり、目頭が熱くなるばかりであった。

初めて見上げるがんセンターはごみごみした築地の街の中に、高く大きく、ドッシリと聳えていた。いかにも日本中の癌の権威が集結しているといった威厳があった。私たちは圧倒されそうな不安を抱えながら建物に入り、指示されたセカンドオピニオンの部屋を探した。意外にもそれは一階の売店の前の、いかにも間に合わせに設えられたようなコーナーにあった。待つこと15分、中に招き入れられると、見るからに脂が乗り切ったという感じの40代前半に見える男性医師が愛想よく迎えてくれた。机の上の書面にチラッと目を落とし、すぐに正面にまりなを見て名前を確認して、

「こちらは？」

と掌を私に向けた。

「夫です」

まりなはやや硬い表情で答えた。医師は頷き、直ぐに、

「ご安心ください。ステージ1に間違いありません。95％、いや99％命の心配はいりません」

穏やかな口調で無駄なく核心点を告げた。張り詰めていた体から力が抜けていく。

「それでも指は切らないといけませんか？」

まりなは最後の望みをかけて問い掛けた。

「ええ、切るということを前提に申し上げています」

それは穏やかだが、凛として妥協を許さない言葉だった。しかし、最後の望みを断たれて落胆を隠せない私たちを見て、医師は直ぐに柔らかい表情で、

「偶然ですが、秋山先生は私と同じ大学の後輩でよく存じ上げていますが、実力も実績も申し分のない方ですよ。大船に乗った気持ちでお任せになって良いと思いますよ」

と笑顔で予期せぬ事実を教えてくれた。私たちは、探し求めていた救いを得たような気分に

なり、思わず顔を見合わせて安堵の思いを交わした。

「私もこれで、手術を受ける気持ちが定まりました」

「先生、有難うございました」

私たちは並んで礼を述べ外に出た。その間10分もあっただろうか、3週間耐え忍んで待った瞬間はあっけなく終わった。しかし私たちの手にした安堵は計り知れないものだった。

帰りのバスの中の私たちは、久しぶりに饒舌だった。

「千葉も紅葉だったんだね」

私たちは見慣れた風景の所々に紅葉が始まっていることに初めて気がついたのだった。紅葉だけではなかった。車窓の風景には不思議なことに、朝とは違って、どれにも親しさと何がしかの懐かしさが復活したように感じられたのであった。

「命あっての物種。命とは本当に掛け替えのないものなんだなぁ」

流れる車窓を見つめながら、私はそう呟かないではいられなかった。

手術の朝、まりなはベッドの上に起き上がり、私の構えたカメラに向かって、両手を布団の上に揃えてポーズをとった。生まれた時から当たり前に続いてきた姿に最後の日が来たのだった。

手術室に向かう移動台に寝かされたまりなは、気力に満ち、顔の血色も良く、にこやかに笑顔さえ浮かべていた。「切らない」と言い張ったまりなはもうそこにはなかった。

「頑張って来てね」

万感迫る思いの私の方が泣きそうで、そう言うのが精一杯だった。

4時間して同じ台に乗せられて戻って来たまりなの左の親指はぐるぐると包帯が巻かれ、卵型に真っ白な塊のように膨れていた。

「終わったよ。へぇー」

まりなはいかにも疲れたというように、しかし安堵もしたというふうに深く大きなため息をしてみせた。

「旅行の写真できたよ」

翌日、私は家からできたばかりの湯西川温泉旅行のアルバムを持参して、大きな包帯の親指で自由をなくしてベッドに横たわるまりなを見舞った。

体を起こして見入るまりなは、

「綺麗ねぇ」

いつもは一通り見たら、それで終わりという感じのまりなが私のめくるページを時間をかけてゆっくりと眺めてくれた。

「あなた、今生の別れと思って撮ってたでしょう」

まりなはアルバムをめくる私に向かって、笑いながら言った。

「そりゃ、頭の隅になかったとは言わないけどね……まぁそう言う君も、どの写真でも笑ってないんだよね。アルバム作りながら、写真は正直だなあとつくづく思ったよ」

私は図星を突かれた内心の狼狽をやり過ごしながら言った。やがて次々とページをめくっていた私に、

「ほれ、これ笑ってるよ」

とまりなは一枚の写真を指差した。それはまさしくあの橋の上で山を見上げた瞬間に、思わずほころんだ笑顔の一枚。沢山ある写真の中のたった一枚の笑顔を逃さず見つけ出したまりなの負けず嫌い。まりならしさの早速の復活。長い間苦しめられた忌まわしい黒い親指が切り落とされて迎えた安堵の中、私はほろ苦くも温かい、久しぶりの嬉しさに包まれたのであった。

その日の午後、まだ明るい病床に関西から皐が、東京からかなちゃんが駆け付けてくれた。命を失うかもしれないと長く怯えた日々。その不安を押し殺し隠し、ひたすらに寄り添ってきた日々。私には１００万の正規軍が助けに来てくれたようだった。まりなは少女のように喜び、病室はたちまち賑やかな会話と華やぐ笑いに包まれた。私はそんな病室を二人に任せて、ひとり廊下の突き当たりの休憩室に向かった。４階の大きなガラス窓で囲まれた快適な休息室の眼下には美しい海が広がり、幾重にも幾重にも大きな波が音もなく打ち寄せては砕けていた。

「よかったなぁ」

誰もいないその窓辺に立ち尽くし、波に見とれる私の頬を涙がゆっくりとつたい落ちていった。

「がっしゃーん」

それは手術から9カ月が経った8月の半ばのことだった。バスで東京に向かったまりなをターミナルまで見送った帰路に、外での昼食を終えて、間もなく自宅というところまで来ての事故だった。

「やってしまったー」

目を開けた瞬間、私の深いところの意識がそう呟いたように感じた。運転席の前のボンネットが見えず、すぐ前に対向車の窓が迫っていた。対向車線に出て正面衝突したらしい。足元から煙が出ていた。私は慌てて助手席のドアのノブを回した。幸い異常なく動きドアが開いた。

「みゆき、降りろ！」

私は必死で叫んでみゆきを外に出した。その時、

「息でけへん……」

と言う声が聞こえた。後部座席の崇が助手席と運転席の間にもたれかかって呻いていた。

私は必死で崇を抱きかかえて運転席から外に引き出した。

「苦しい、息でけへん」

「崇、死ぬな！　死んじゃダメだ！」

「誰か救急車呼んでください」

車の外の小さな芝生の平地に崇を横たえながら、私は、崇と知らぬ間に集まっていた大勢の

人だかりに向かって交互に懇願するように叫んだ。

そしてどのくらいもしないうちに、叫び続ける私に向かって、目を開いた崇は、

「ジージ、大丈夫」

と言いながら、私を安堵させるように胸の前の手を左右に動かした。人に気を使わせまいとするいつもの崇の仕草だった。

「ほんとか、大丈夫か？」

崇はうんうんと顎で頷いた。心なしか顔に生気が戻ったように見えた。その瞬間、私の脳裏をみゆきが過った。

「みゆき、みゆき」

私は夢中で辺りを見た。

「旦那さん、お嬢ちゃんは向かいに座ってるよ。大丈夫よ」

教えてくれたのは、散歩でいつも挨拶を交わしている私と同じ年の村の老婆だった。

私はそれを聞いて、全身から力が抜けへなへなと道路の路肩に座り込んだ。

「どうしたんですか？」

「僕が悪いんだ。居眠り運転してしまったの」

「あれまぁ。そげなことかいね、まぁ、お嬢ちゃんと旦那さんは無事で何よりだけど、お兄ちゃんが心配だね」

老婆と話を交わしているところへサイレンを鳴らした救急車が到着した。崇が担架で運び込まれ、みゆきと私が自力で乗り込んだ。すぐに崇に様々な計器が取り付けられ計測が始まった。その間に、「お孫さんですね？」と隊員から関係を確かめられたが「はい」と答えようとした私の頭を「法律」という文字が駆け抜けた。真実を告げなければ後でどんな疑いをかけられないとも限らない。しかしあるがままを短時間で説明などできない。私はとっさに答えるしかなかった。

「違います。私の教え子の子供たちです。私の家に、毎夏、遊びに来てくれる仲です」

数十年培ってきた私の一番の誇りとする「私たちの孫」という秘密が、無残に白日のもとにさらされるような感覚が私の中を駆け抜けた。

「お母さんは？」

「関西です」

「連絡できますか」

「はい」

私は渡された携帯で番号を回し、最も重苦しい瞬間に身構えた。

「皐、大変なことになった」

「わかってる。だいじょうぶ？　落ち着いて」

意外なことに皐は既に全てを知っていて、私を落ち着かせるように、ゆっくりと噛んで含むように話した。みゆきを最初に助けた人が近くに住む村人で、たまたま元看護師さんであった。みゆきから聞き出した番号で、仕事柄の機転を利かして、すべての現状を逐一、皐に知らせてくれていたのだった。皐といい彼女といい、看護師というものの底力を思い知った瞬間だった。崇とみゆきについての普通では聞き出せないすべての医学的情報を皐から聞き出した救急隊の人たちは、私たちに向かって、

「大事をとってこれからT病院に向かいます」

と事務的に告げるだけだったが、隊員同士の様子から、緊急なことは心配していないということが窺えた。T病院はまりなの指の手術をした病院だった。

サイレンと共に救急車は走り出した。窓に沿った狭いベンチ状の椅子にみゆきと並んで座った私はせわしない音と共に表示が続く崇のデータを見続けた。幸い素人ながらにも落ち着いた病状が伝わってくる。

「アァよかった」

安堵の思いが胸いっぱいに広がる。しかしそれもつかの間、私の脳裏には、恐怖の知らせにおののく、広志君と皐の姿が生々しく浮かび上がった。さっきは看護師の職業意識に徹して落ち着いて話してくれた皐だったが……、母親として……どんなに動転しただろうか……。

「アァなんてことを……」

申し訳なさと悔悟の念が全身を駆け抜ける。そしてふと我に返り横を見ると、みゆきが黙々

と視線を落とし、車の揺れに身を任せて静かに座っていた。

「大丈夫か……」

「うん」

みゆきは下を見たまま首で頷いた。この時私は、一番年少のはずのみゆきが、事故の瞬間から今の今まで、泣くこともなくじっと落ち着いて事態の進行に身を任せていることにはじめて思い至った。そして2年も前に皐から聞いた話が頭を過った。

皐が車で交差点に近づいた時、人だかりする中で、老婆が歩道にうずくまっているのが目に入った。とっさに車を路肩に止めた皐は、老婆にいろいろ話しかけながらてきぱきと介護に当たり、救急車も呼んだらしい。雨の中の出来事だった。任務を終え、ふと探した視線の先に、人だかりの中、誰かにさしかけられた傘の下にちょこんと座って、じっと皐のすることを見ているみゆきがいたのだった。

「お母さん、看護師さんだったんだね」

再び走りはじめた車の中でみゆきはぽつんとそう呟いたのだという。心に残る話だった。それがいま、こんな瞬間に思い浮かんだ。恐怖に耐えながら、動転する私をかばって、余計な心配をさせまいとする小学3年生の女の子の健気さに、いや看護師二世ともいうべき心遣いに、私は深い畏敬の念を禁じ得なかった。

救急病棟に着くと、ありとあらゆる検査が待っていた。

「お孫さんたち、あまり心配する症状はありませんからご心配ありませんよ」

私同様、同じ検査室で検査を受けている二人に、時々顔を向けて心配する私に、入れ替わり立ち替わりにやってくる医師と看護師が検査の結果を刻々と伝えてくれる。そして、

「あのお姉ちゃんはしっかりしてますね。あの歳で立派だと皆が感心していますよ。ねっ、本当に感心よね」

と、入れ替わりやってくる看護師たちは異口同音にみゆきに感心する。

「いや、あれが妹です」

その度に私は苦笑しながら訂正しなければならなかった。

幸いにして、みゆきにはさしたる怪我もなく、私は胸にかなりの打撲の痛みがあったにもかかわらず、骨に異常はなかった。崇だけが肝臓打撲の程度を調べるための造影剤を入れての検査が始まっていた。しかし、姿が見えないので尋ねると、造影剤にアレルギー反応を起こし緊急事態で別の治療室に回されたとのことだった。胸が詰まるような不安の中、検査を終えたみゆきと並んで、検査室の廊下の長椅子に座って待っていると、検査室から、

「私の声が聞こえますか。聞こえたら私の手を強く握ってください」

という緊迫した医師の声が聞こえてきた。私は反射的に苦しむ崇の姿を思い浮かべ、いたたまれず無断で治療室に入って行った。そこには運び込まれたばかりと見える老婆の緊迫した治療が始まっていた。

「あのぉ崇は？」

別のコーナーにいた手の空いている看護師に尋ねると、

「今治療室に回されています。ちょっと咳き込んでますがきちんと対応してますからご心配いりません。ご安心ください」

ということでホッとしながら廊下に戻った。結局、崇の肝臓打撲は全治一週間と診断され、そのまま入院と決まった。夕方には皐も駆けつけ、事故の直後からかけ続けた東京滞在中のまりなにも、何十回目かにして繋がり、深刻な事態を漸くにして知らせることが出来たのだった。

その晩、満杯のホテルばかりで困り果てていた私とみゆきは、病院近くのある高級ホテルの好意で使われていなかった部屋を整えてもらい泊まることができた。高級ホテルの受付に入って、みゆきも私も初めて自分たちがホテルの泊まり客らしからぬ異様ないでたちであることに気付き、身の縮む思いをしたのだった。その晩みゆきは、降って湧いた温泉旅館泊まりを喜び、一日の異常な緊張からの解放に浸るかのように、一人でなんども温泉を楽しんでいた。浴衣を着てタオルなどの入った小袋を手に、ひとり臆することもなく離れた大浴場に向かう後ろ姿には、度胸の据わった小娘の可愛らしさがあった。しばし見とれながら見送っていると、電源がなくなりそうなはずの私の携帯が鳴った。

「あす10時から現場検証をしますから、現場に出頭するように」

警察署交通課からの命令であった。

現場に立って初めて私は事故の大きさを知った。私がふらふらと対向車線に出て、それに気付いて急停止した対向車に、時速40キロで正面衝突したのだった。そしてその衝撃で対向車は後ろへ4メートル飛ばされ、これも停車していた後続車に後部からぶつかったのであった。被害者は、最初の車を1人で運転されていた老人と、その後続車の中年のご夫婦だったが、いずれも中程度の鞭打ちで、血を流すような重傷者は居られなかった。不幸中の幸いとしか言いようがなかった。そして順調に進んでいた検証の後、一人だけ残された私は、二人の若い警察官にいろいろと尋問されるなかで、

「事故直前に眠気はなかった」

と何気なく答えたのだった。しかしそのひと言が事態を一変させてしまった。それまで比較的穏やかな対応をしてくれていた二人の警官が突然態度を硬化させ、

「あなたは事故直後に近所の人に、居眠り運転をしたと証言されてますよ」

と強い口調で迫って来た。

「気がついたら衝突していたんですから、その直後にどうしたんだ……と聞かれたから、事故原因は自分にあるという意味で、自分が居眠り運転をしたと言ったのです。皆さんに大怪我がなくてそれだけでも奇跡と救われている今の私には、責任を逃れる気など全くありません。ですが今から思い返してみると、確かに眠気はなかったと言うしかないのです。僕としてはこの上は、老人事故のデータに少しでも役立てばという思いだけで、事実を述べているだけです」

「そうですか。そんなことを言われるなら現場検証はやり直しですね。今日はこれで中止します。居眠り運転を認められなかったら、これは長引きますよ。半年以上は覚悟しといて下さいよ」

凄みを利かせながらも、こちらの言い分も聞いてくれたのかと思われた警察ではあったが、パトカーのドアを閉める寸前に、

「また追って連絡します。それまでに本当の事を言う気になったら署まで連絡してください」

と捨て台詞を浴びせて去って行った。

本当の事……聞いた瞬間、私の身体は凍りついた。頭にこびりついて離れなくなったその言葉を反芻しながら、私は歩いても10分とかからない我が家へと戻ったのであった。

翌日子供たちの親として皐は、警察署で3時間に及ぶ聴取を受けた。その間にも何度も「本人が本当の事を言う気になったら……」という言葉が繰り返されたので、

「まだ事故内容が確定していないのに、それは不適切な表現ではないですか……」

と注意してくれたらしい。それでも終わりがけに、

「ご本人の聴取はこんなもんではすみませんよ」

とまた凄まれたと言う。

そんな経緯があって、私と警察との間には強い緊張関係が続いたのであるが、皐の注意も少しは効いたのか、「本当の事」という言葉は二度と耳にすることはなかった。そして現場検証

を繰り返すうちに厳しかった警察の態度も次第に和らぎ、事故は結局「食後高血糖」と「食後低血圧」による急性意識障害として処理される方向となった。

「ただし運転免許は返上ということになります」

と警察から告げられた。刑事罰とはならない方向となりホッとはしたが、嬉しさはなかった。事故相手の方々と子供二人、そしてその両親に与えてしまった恐怖を思うと、私の心は重く、ただひれ伏し続けるしかない思いだった。

こうして、子供たちと過ごす楽しさに満ちた13年に及んだ里山生活は悲劇的な形で終止符が打たれ、運転免許とも無縁になった私は、指を失ったまりなと共に、いよいよ深まる老境の日々へと向かうこととなった。

「今度のことでの一番の救いは、被害者の人たちも子供たちも、広志さんも皐も、そしてあなたも、みんな誰一人として不満や非難や言い訳を口にしなかったってことだね」

畑の畝に置いた古くなった風呂用の椅子に座って「ヤブカラシ」の長い地下茎を根気よく畑から掘り出しているまりなは、ふと手を休めて言った。横に並んで座る私も「うん」と短く返事を返しながら、教わったばかりの方法で「ヤブカラシ」の根っこを途中で切らないように注意しながら、引き抜きを続けている。

「あなたも子供たちを一人で引き受けるのはもう終わりにしないとね。あなたも私も、もうそういう歳になったってことよ」

まりなは話を続けながら、畑の真ん中に置かれた大きな樹脂製のカゴに向かって引き抜いたばかりの長い根っこを放り投げた。まりなと私はかれこれ一時間ほど、そのカゴを引っ張りだこしながら、引き抜いたばかりのヤブカラシの根っこを投げ入れ合っている。

「この畑で小さなスコップを持って歩き回ってたあの那央ちゃんが、もう高校受験なんだからね」

手を休めたまりなは、脇に置いた魔法瓶のお茶をひと飲みしながら、感慨深げに言った。その柔らかい口調には、事故以来精気を失ってしまった私を元気づけようとする気持ちが込められている。自分に厳しいまりなは、私の甘さにも「詰乃甘太郎」と揶揄を込めて叱責を欠かさないのが常だったが、今回ばかりは、一度もそういうことを言わない。恐らく彼女の目にも私の落ち込みが尋常ではなかったのだろう。

免許をなくした私は、それまでずっと一人でこなしてきた週末の買い物にも、まりなに同行してもらうほかなくなった。私が野菜や果物や肉の売り場を歩いて行くと、まりなは付かず離れずスーパーの買い物カゴを載せた手押し車を押しながら、ついてくる。私は、メモを見ながら次々と棚から目当てのものを取りカゴに投げ入れる。13年間一人で続けてきた買い物はすっかり効率が良くなり、レジにもあっという間に辿り着くようになった。その代わりに、メモにはない季節の旬なものを見つけて、夕飯のレシピを急遽変更したり、予定外の甘いものについ手が出たりといったこれまでの遊びのような時間は消えてしまった。それでもどちらかと言うとまりなと共に買い物をする新しい習慣が私には新鮮で楽しいものに感じられていた。しかしまりなはそんな変化にも淡々としていて、レジを出ると真っ直ぐに車に向かい、

「さぁ帰ったら、スナップエンドウを植えなくちゃ」

と心はすぐに畑の心配へと向かい、車を一直線に家へと走らせるのである。助手席から海を見やれば、車を海辺に寄せて、人の釣りを見ながら菓子パンを頬ばっていたついこの間までの自分の姿が風に流れて消えていく。これからは運転は全て私が引き受けると言っていたはずなのに、私は再び助手席にしか乗れなくなった。

指を切り落としてもなお老境をものともしないまりなと、事故に悄然としたまま立ち直れない私。そんな日々の続いたある日のことだった。

「あなた、私が出ない限り外に出られなくなって良くないなぁと夕べ寝ながら考えたんだけどね。自転車買ったらどうだろう？」

夕食の後のソファーで編み物をしながらまりながさりげなく言った。冬になり寒くなって、すでに無くなっているはずの親指の先が冷たく感じられると不思議がりながら、短い親指用の手袋を編んでいるのだ。

「自転車……か」

里山に別荘として来ていた40代の頃は確かに自転車でどこへも行っていた。

「そうか、その手があったか……」

ふさぎ込んでばかりの日々に風穴が開けられるかもしれない……私の身体に僅かな躍動感が蠢いた。

「そしたら、私の機嫌を取りながら買い物にいかなくても良くなるよ」

まりなは編み物の手を休めて、意地悪っぽく言って笑った。

話はすぐに進んで、ネットで見つけた少しおしゃれな自転車が何日もせずに届けられた。

私が関西で運転免許を取ったのはここに移住する直前で還暦を迎えた年であった。

皐が那央を連れて遊びに来た折に、まりなと皐に背中を押されて、家の近くの教習所に散歩方々、案内を聞きに行ったのだが、

「そういうわけですから明日からでも受けられますよ」

との受付嬢の言葉に、

「いや、今日は聞きに来ただけですから……」

と私は直ぐにその場から去ろうと、あやふやな受け答えをしたのだった。

「何言ってんの、そんなことしたら、二度手間になるだけ」

「折角来たんだから……。いま申し込みましょう！」

皐とまりなが口を揃えて言う。２人の間には完全に阿吽の呼吸の作戦が用意されていたらしい。そしてなおも、もじもじと躊躇する私を見た受付嬢までが、

「お父さん、なんだか怯えてられますね」

とクスクスと笑ったのが駄目押しとなり、半ば強制的に教習所通いとなったのである。そういう経緯で手にした免許ではあったが、暮らしてみれば、田舎生活に車は欠かせないばかりか、私の行動半径は何倍にも広がり、あっちにこっちに好き勝手に赴ける自由は何物にも代えられぬものとなった。それはまさに、還暦を超えたことを忘れさせる魔法の利器だった。

それだけに……、70を過ぎて自転車をこぎ始めた自分の姿は、あまりにも変わり果てて惨めであった。しかしその一方で、私の心は深傷を負っていた。

「子供たちを傷つけていたら、あの車の人たちを傷つけていたら……。ああ、今頃は死んでも死に切れない状況になっていただろう」

そんな身を千切られるような思いに何度も苛まれる。その度に、

「俺は悪魔に魅入られ、神様に助けられたとしか言いようのない奇跡に助けられたんだ。事故から立ち直らないでどうする……」

と自分を叱咤した。

そうした葛藤を抱えながら、事故を起こしたバス通りを避けてスーパーに辿り着く道筋を、あれやこれやと探るうちに私の中に変化が現れてきた。

「こうして自転車を漕いでこぢんまりと生きていけば、もう一度元気になることを許してもらえるかもしれない……」

そんな微かな思いが私の中に少しずつ芽生えてきたのである。

「まりな、バス通りでない裏道から眺める景色はまるで別の街みたいだよ」

私は買ってきたものの整理もそこそこに、新しい発見をまりなに急き込むような勢いで報告した。

「そぅお。じゃ今度車で走ってみるかね」

私のためだけに車を運転することが多くなって何かと負担をかけているまりなにそう笑顔で言われて、私は深く励まされる思いだった。

その頃私の立ち直りを早める力になったものがもう一つあった。那央との週2回のスカイプである。高校受験の年を迎えた那央は成績も良く土地の一番校を目指して頑張っている。特に4月以降、塾の世話にもなり始めて解く問題集が一段と難しくなり、私も予習をして掛からないといけなくなっていた。とくに球に接する立体だとか、その立体を平面で切り取った時の体積とか切り口の面積などと、どうでも良いことを次から次に聞いてくる難問にはかなりの頭の集中を余儀なくされ、それを解く時間がいつしか、深傷を負っていた私の心を立ち直らせていったのである。

そして苦難続きだった里山にまた新しい正月がやってきた。

まりなは相変わらず、夜は2時に寝て、朝は8時に起き、離れの二階の自分の部屋から母屋に出て来て、昨夜の残り湯に差し湯を始め、それを待ちながら、バナナとこの地名産のピーナッツを小皿に盛り、頃合いを見て朝風呂へと向かうという日課を続けている。風呂から出れば、長椅子に座り、顔にクリームを塗ったり様々のサプリメントを次々と口へ放り込み、傍に置いた湯で飲み込む。しばし折々の話題を語り合い、近々の来客予定などを話すと、「それでは私はこれで」と言いながら、バナナとピーナッツの小皿を載せた愛用の小さな塗り盆を持って、離れへと戻っていく。再び居間に下りて来るのは12時30分前後。書斎での仕事は進行中の著作の執筆だったり、『細胞の意思』も世に出しこの二、三年は、次作の主題を「生命記号論」に的を絞り、関係する本や研究資料の読み込みに没頭しているようであった。こんな書斎でのまりなの息抜きはパソコンやアイパッドでのゲームである。急な用事で二階に駆け上がっていくと、慌ててパソコンが閉じられることが何度もあったが、そんな時はゲームに夢中だったのだなとすぐに分かる。

しかしこのゲームも含めた鉄の日課も、必ず反故にされる日が年に2日だけある。それは正月2日と3日。言うまでもなく箱根駅伝の観戦のためである。2日はレースの号砲から箱根に全校が辿り着くまで、長椅子に横になって離れず、3日も早朝の復路の号砲から放送終了までトイレ以外そこから離れない。年の始めのこの年中行事もまた頑なに守られ、いきおい、我が家の「おせち」は大晦日に作られる「お雑煮」と年末恒例になったご近所での餅つきで作った餅が全てとなる。このお雑煮だけは、料理が私の役目となる以前からもずっと変わらずまりながの受け持ちである。これを食べないと正月を迎えた気がしない……と言う私の好みをまりなが大事にしてくれているからである。彼女は何によらず料理の味付けは上手なのだが、このお雑煮の味も格別であった。

里山の日々は、新年を迎えたからといって、別段何かが変わるわけでもなく、いつもただ静かに淡々と過ぎていくだけであった。しかし現役の世間はそうはいかない。那央は二月を迎えて、滑り止めの私立の入試を受けるなど、いよいよ受験が足元にまで及び、緊張の日々を迎えていた。スカイプも用済みとなり、私はたくさんの時間を、こまめな買い物やまりなとの畑仕事に振り向けられるようになっていた。特に親指が不自由になったまりなを助けて、牛小屋に肥料を貰いに行ったり、それを畑に埋め込んだりなどの畑仕事に精を出していた。ジャガイモの植え付けなど、草刈り専門だった私には新鮮で楽しい作業であった。

「こうやって二つに切ってね、切り面に灰を塗りつけるの。そうしておくとそこが腐らないの」

まりなは短くなった親指でジャガイモを掌に押しつけ、右手で切る仕草をしながら私に指示を出す。その口調は穏やかで、一緒にする畑仕事を喜ぶ気持ちが籠もる。

「スナップエンドウもだいぶ伸びて来たね、もう少ししたら竹を立てなくちゃね」

指示に従ってジャガイモ植えを始めている私の仕事ぶりを見ながら、あたりを見渡していたまりなは、ふと気がついたように呟いた。それも私へのそれとない頼みであった。

「スナップエンドウに支柱ね。よし分かった、任しといて」

私はきっぱりと引き受けながら、掘ったばかりの穴にジャガイモを載せ土をかぶせる。その土を全身でぐっと押さえ込みながら、私は、

「やっと彼女の長年の願いを叶えてあげられるようになったなぁ……雨降って地固まる……これが新しい里山暮らしの始まりなんだなぁ」

と塞がっていた胸に久しぶりに新鮮な空気が入って来たような安堵を覚えていた。

しかし……、まりなはそんな私の回復を見届けると、すぐにまた次の歩みを始めたのであった。まりなには、「これで良し」と立ち止まって来し方を思って感慨にふけるということがないのである。

「今日ね、ゆうさんの友達が手伝いに来てくれるから、外の田んぼの草刈りをすることになっているの。あそこに味噌用の大豆を植えることにしたんだ。それでね、この間植えたジャガイモの横にはブロッコリーを植えようと思ってるんだけど、あなた悪いけど、また畑を作っておいてくれる？」

そう私に指示を出したまりなは、やがて集まってきた三人でクワとスコップと鎌と黒いシートの巻物を手分けして持って、前の川沿いの道を歩いて行った。行く先にあるのは、草ぼうぼうのここ数年放置されている田んぼであった。これまでも村の荒廃に誰より危機感を抱いてきたまりなは、この地で知り合った若者たちに次々と声をかけ、休耕田の再開に根気よく取り組んできていた。しかしせっかく貸してくれた休耕田の田んぼにも、何かと干渉してくる村人に

嫌気がさした若者たちは、皆早々と手を引いてしまっていた。それならと思いついたのが陶芸家のゆうさんのグループと作る味噌に使う大豆をここで育てるという遠大な計画だった。その日の三人の仕事はその若者たちの去った田んぼの隣に位置する休耕田で、取り敢えずその周囲に溝を掘って水を逃がし、休耕田全体には黒いシートを張り巡らし繁茂する雑草を立ち枯れにしようという作戦の実行だった。

「これからという若者がやるから意味があるんで、年寄りの君が一人でやって何の意味があるの……。だいいち、指はまだ手術したばかりで、再発するかもしれないんだよ」

この話が始まった時、私は心に引っかかっている一番の心配を押したてて、全面的中止を訴えたのである。

「指はもう大丈夫。今年一年私が頑張れば、来年はまた周りの様子も違ってくるから」

いくら反対してもまりなに聞く耳はなかった。そんな中、私の事故が起き、話は頓挫し立ち消えになり、不幸な出来事の中の唯一の希望的成り行きと、私は密かに胸をなでおろしていたのである。

しかし、まりなの思いはすこしも立ち消えてはいなかった。時期を待っていただけのことであった。私が気力を取り戻し畑を手伝うようになって、安堵と共に自分に時間と体力の余裕が出て来たとみるや、彼女の中に仕舞われていた思いもまたすぐに頭をもたげないではいられなかったのである。

暗澹として見つめる私の視線の先には、田んぼに散らばり作業に励む三人の姿があった。頃合いを見て、ポットに入れた温かいコーヒーと茶菓子を持って行ってみると、田んぼの囲む半分の周囲に溝が掘られ、敷地には黒いシートがこれも半分まで張られたところであった。

作業は暗くなるまで続けられ、ゆうさんたちは私の作ったスパゲッティで空腹を満たして帰っていった。

しかしその晩、冬には珍しい嵐のような北風が吹き荒れた。夜のうちから心配していた私は、翌朝早く、確かめに行って見ると、はたしてまりなたちが張り巡らした黒いシートは、至るところめくり上がり、なくなったものを捜すと、思いもかけない遠くの畑に黒い塊となって落ちていた。私は村の目に触れないうちにと、その足でシートを回収し持ち帰った。

「これ見て、まりな」

私は短い言葉の中に、無理をするからこんなことになるという思いと、あまりに気の毒な、という思いのないまぜな気持ちを込めて、遅く起きだして来たまりなに庭先に置かれた無残に変わり果てたシートを指し示した。

「あらま、剥がされちゃったのか……」

まりなはまりなでそんな短い言葉と口調の中に、田んぼの整備に賛成していない私へのバツの悪さとガックリとくる気持ちを込めて答えた。

私たちはそれ以上このことで意見を言い合うことはしなかった。しかしその日のうちに、新たなシートを買って来たまりなは、次の日の午後から再び田んぼに出かけてシートを一人で張り始めたのであった。そして暗くなるまでには、再び全面にシートをかぶせ終えたのである。

さすがに私も、里山へのその揺るぎない執念には兜を脱ぐほかなかった。しかし私の胸を騒がせるのは、そんな意地の張り合いの勝ち負けにあったわけではなかった。那央とイギリスに出掛ける前後から、まりなは何かに取り憑かれたように、あれにもこれにもと手を出すようになった。そんな中で親指の爪に黒い線が現れ（その重大さを一年も無為に過ごしてしまったのではあるが）それが合図であったかのごとく、「私には残された時間がない」とでもいうような性急さは勢いを増すばかりとなった。

にわかに不安を感じ始めていた私は、あれもこれもと押しとどめにかかり、押し黙るまりなに抗しきれずシブシブと協力したり、それだけはやめてと強く反対すると、まりなは「鬱陶しい」と叫び「ネガティブ野郎はあっち行け」と怒鳴ったりした。そして困ったことにそうしながらも、決して行動を止めようとはしない。そこが私のもっとも深く危惧するところなのである。これまでのまりなは、私の反対にどんなに無茶苦茶の言葉を投げつけても、最後は私の意見に耳を傾け、忠告に従ってくれたのである。長い時間を共にして来た私には、事故後の私への優しさも、私と一緒に畑をやれる喜びもみんなまりなの心からのものであると判っている。そして消滅に向かいつつある里山への危機感も、里山を愛してやまないまりなならではの真摯なものとよく分かっている。しかしそこには何かがバランスを失っている。

「しばらくは見守るしかないか……」

ため息をつきながら、迎えた日曜日の朝のことだった。

「明日から実験所で実験を始めることになったからね、夕飯は実験所で食べることになると思うわ」

というまりなの言葉で、急に来週の食事用の買い物から解放されるとわかった私は、

「それじゃ今日の夕食も外食とするか……」

と解放感を露わにすると、

「私はいいよ」

とまりなもすぐに賛成してくれた。

私たちはその日の午後、夕食は行きつけの店で食べることにして、とりあえず食料以外の懸案のものを求めて近くのショッピングセンターへと出かけた。

「今日はあなたの自転車道を走ってみるか……」

まりなは、バス通りから突然ハンドルを切って狭い道へと入って行った。私の見つけた自転車道を一度行ってみようと言いながら未だ実現していなかったことを忘れていなかったらしい。

暫く走るといつもの自転車の道は車では入れないことが分かり、車を止めた。

「こっちなんだけどねぇ」

「こっちも良さそうじゃない。行ってみよう」

諦めきれず恨めしそうに言う私の言葉もそこそこに、まりなはすぐに車を発車させた。

「この道も良いじゃない」

「そうだねぇ」

自転車では遠回りに見えたので私はまだ走ったことがない道だったが、たしかにそれは、両側に畑と山裾が迫る緑に溢れたたおやかな道で自転車にはもってこいの静かな道だった。やがて暫く車を走らせていたまりなは、

「そろそろこの辺りで左かな……」と左手に聳えるお城を見やりながらハンドルを左に切ってさほど広くもない道に入って行った。

「あれぇ、宗真寺だよ」

私は右手に思いがけない建物を見て驚きの声を上げた。そこには私たちのこの街での唯一の古い友人が眠っている。その関係で住職と話をしたことがあるこの街で唯一の寺である。

「こんなふうになってたとは思わなかったね」

とまりなも驚きを隠せない様子だった。

そこらあたりはお城のすぐ下に位置し、漁師町から発展した雑然としたこの街では、唯一ここだけが美しく整備された場所だった。道探しに神経を使った私たちは、さっそくひと休みをと城下の公園でひと休みし、二人で城を見上げながらコーヒーを飲んだ。

明日からの実験所は足元が冷えるというので、ショッピングセンターでは小さな縦型の温風

器を買い、最後は二人で久しぶりの外食を楽しんだ。

翌日から実験所に通いだしたまりなは、朝食をとるとすぐに出かけ、お昼には休憩にちょこっと帰ってきて、3時を過ぎた頃またのろのろと出かけてゆき、帰るのはいつも9時近くであった。

「これ、すごくいいよ。足元が暖かいの」

ショッピングセンターで求めた温風器は朝は実験所に持参し、夜は家の風呂用に持ち帰ってくる。長い1日を終えて風呂に向かうまりなは、洗面所に据えた温風器を指差しながら満足げに言った。

夕食作りもなく、ひとり暇な時間を過ごしていた私は、いくつもの野良仕事をこなし、最後に頼まれていたスナップエンドウの支柱も、裏山から切り出した細い竹を使って立派に支柱の組み上げを作り終えた。

それからもう2日も経っていたが実験に追われていたまりなはなかなか気付いてくれない。私はいずれ気付いて喜んでくれることを期待しながら何も言わずにいた。

「今日はえらいのんびりしてるね」

「今日はね、夕方に実験所に来客があるので実験はひと休みすることになったの。私は夕方からその人と食事に行くことになっているので、今日はゆっくり行けばいいの」

まりなはそう言いながら、久しぶりの朝風呂に向かった。

そんなところへ珍しく電話が鳴った。

「おお、そうか。おめでとう。英語と理科が満点、それは凄い。良かった良かった」

用件だけですぐに終わった電話を置くのも、もどかしく、

「まりな〜那央ちゃん、自己採点で合格確実だって」

と浴室のまりなに私は大声でビッグニュースを知らせた。

「良かったね」

戸を開けると、浴槽から顔だけ出したまりなは、顔の雫を両手で払いながら満面の笑みを浮かべて言った。

そしてその夕方、5時になった。

「それじゃ行ってきます」

まりなはいつもの小さなポシェットを肩に回しながらサンルームのたたきへ下りて行った。

「おお、もう行くの……気をつけてね……」

いつもは必ず一緒に下の車まで行く私は、その時はなぜか椅子に座ったまま送り出したのであった。

「……」

まりなの姿はすぐにガラス戸の外に見え、前の階段を下り始めていたが、すぐに立ち止まり、下の畑の方を指差しながら私の方を見て何か言っていた。

「何？」

慌てて立ち上がりガラス戸を開けると、

「スナップエンドウやってくれたんだね」

私が顎だけで「うん」と頷くと、まりなは元気の良い声で、

「サンキュウ……」

と一声言うと、いつもの小さなショルダーを肩にかけて、後ろ手に手を振りながら駆け足で階段を下りて行った。


そして……、それが、高校で出会ってから57年間、友であり妻であったまりなが、ネガティブ野郎、詰乃甘太郎と叱咤激励して止まなかった私に言った最後の言葉となった。


葬儀は宗真寺で執り行われた。しめやかな花で飾られた仏前には、黒い縁取りに囲まれたまりなが右上を見ながら穏やかな笑顔を浮かべていた。湯西川温泉に行った時の唯一の笑顔のあの写真だった。

葬儀は皐を中心として、亜由美さんとかなちゃんと私の一番の教え子が脇を支えるという形で行われた。その間私は全くの廃人のような有様だった。私の眼に映る景色から一切の意味が消えていた。

「ロボットに見える光景は、こんなものなのかもしれない」

虚ろな私の脳裏をそんな思いが過っていった。お別れの棺に向かった教え子たちは皆同じ言葉を口にしていた。

「まりな先生。ありがとうございました」

宗真寺の門前で挨拶を済まし、棺の横にまりなの位牌を抱いて座ると、車は宗真寺からゆっくりと動き出した。しかししばらく走ると止まり、なかなか走り出さない。ふと窓の外に目をやると狭い道で向き合った対向車がすれ違おうともがいているところだった。

「あぁ」

その狭い道は……あろうことか、ほんの数日前に自転車道を探してまりなとのろのろと走った道ではないか……。そのまりなが今私の横の棺の中にいる……。どうして……。すでにどこまでが自分なのかさえわからなくなり始めていた私には、もはや全てが白昼夢のようにしか感じられなくなっていた。


葬儀が終わって数日が経ち、葬儀に駆けつけてくれた人々も三々五々と居なくなり、皐だけが後に残ってくれた。皐は私を連れて様々な手続きをこなし、最後に市役所の書類を届け終わると、

「これでできることは一応全部やりました」

と私に告げた。そしてそのまま黙って歩き始めた。ただ一つ残っていた車もまりなとともに無くなってしまい、私たちに残された移動手段は足だけであった。私は交互に見え隠れする皐の靴の底だけを見詰めながら黙々と付き従った。そして辿り着いたのは携帯ショップだった。中に入ると皐に、

「携帯をアイフォンにしましょう」

と告げられた。これまで何度提案しても、老人には必要ありませんと強く反対され続けたアイフォンへの変更だった。私は戸惑いながらも言われるままに従うばかりだった。

その日の夜、那央にアイフォンで初めてのビデオ電話というものをした。

「教科書貰ってきたよ」

「そうか、それでは、ばあばにも見せてあげてよ」

「うん、わかった」

私はまりなの骨壺を安置した祭壇に向かい、湯西川温泉での橋の上で見せた柔らかい笑顔のまりなの遺影を見つめながら那央の準備を待った。

「これがねぇ……数学、これが英語……」

やがて用意のできた那央は、科目ごとに表紙と最初のページを次々に見せてくれた。私もアイフォンをまりなに見えるように差し出しながら、横から眺めていた。そして……、

「これが生物でね……これが最初のところ」

「あ〜っ、……それは」

私は息を呑んだ。そこに映し出された絵こそは、まりなの説を取り入れて作ったあの世に知れた進化の扇図にほかならなかった。

「まりな、まりな、見えるか。君の描いたあの絵が那央ちゃんの教科書に……」

まりなと那央……、こんなになってもまだ続く二人の間の不思議な縁《えにし》に、私は我を忘れて叫んでいた。

そして翌日……。予定が立て込んで葬儀に来られなかったからと、生命誌研究館の中村桂子さんが東京からお参りに来られたのである。

「これね、生命誌研究館であの進化の絵を作った時の関係した皆さんとまりなさんとのやりとりの記録です。全部まとめて持って来ました」

お焼香を終えた桂子さんは、お悔やみとともに封筒からひと束の書類を取り出し、私に差し出された。

「……」

私は不思議な成り行きがまだ続いていることに驚きながら、手にした書類を読むともなくパラパラとめくりながら、昨夜からのスカイプの出来事を桂子さんに訥々と説明したのだった。

「そんなことがあるのですね……」

彼女も目を丸くされながらしんみりと答えられた。私は多忙の中、遠くから来て頂いたお礼

を言わなければと我に返り、これまでのご厚情に感謝を述べ、

「〝細胞の意思〟……なんて……、まりなは最後まで擬人法の語りをやめなくて、学会の皆様の顰蹙を買い続けていたんじゃないか……」

とまりなをかばうつもりも込めながら偲ぶ言葉を言おうとしたのである。すると、桂子さんは私の言葉を遮るように、

「それは違うのよ」

と思いがけない言葉を優しく告げられたのである。私は「えっ」と虚をつかれた思いで彼女を見つめた。

「細胞を相手にすれば、誰でも一度は、細胞には意思があると思わずにはいられないものなの。でもね……」

桂子さんは柔らかい笑顔を私に向けて続けられた。

「それを口にしたら、研究者生命の終わりなの。それを言えるのはまりなさんだけだったのよ。まりなさんだから言えたことなの」

私は予期せぬ言葉に辛うじて涙をこらえながら、耳を傾けていた。そこへただひとり残っていた皐がお茶を持って入って来た。

「この人は……」

私は息を整えながら左手を伸ばし初対面の皐を紹介しようとした。

「存じてますよ、お嬢さんでしょ」

桂子さんはまたしても私の意表をつく言葉を言われて静かに微笑まれた。

「まりなさんはね、私たちの前でいつもこうやって腰に手を当てて、私にも娘も孫もいるのよって自慢してたのよ」

桂子さんの所作を見つめる私の脳裏に、おどけて得意気なまりながそこにいるかのように浮かび上がった。

「まりな……」

私は、それまで何度呼んだか知れない名前を心のうちで、何度も何度も叫び続けていた。

かけがえのない名前……。大好きだったその響き……。

さようなら……さようなら、まりな。

完

惣川　徹（そうかわ　とをる）

都立の高校でまりなと出会い、それぞれの大学の大学院博士課程を終えた後結婚。その後、関西に移住。大学講師、予備校講師などをしながら素粒子論研究を続ける。2000年に60歳で大学を辞したまりなと共に千葉の里山に移住。

理学博士、77歳。

著書：『いつか小さな囲いを越えて』文芸社

里山のまりな

2018年4月7日　初版第1刷発行

著　者　惣川　徹
発行者　中田典昭
発行所　東京図書出版
発売元　株式会社 リフレ出版
〒113-0021　東京都文京区本駒込 3-10-4
電話（03）3823-9171　FAX 0120-41-8080
印　刷　株式会社 ブレイン

ISBN978-4-86641-099-9 C0095
Printed in Japan 2018

ご意見、ご感想をお寄せ下さい。

［宛先］〒113-0021　東京都文京区本駒込 3-10-4
東京図書出版